Una muchacha llamada Polina

Novela

Por la autora de
Esperando en la calle Zapote,
ganador del premio Latino Books Into Movies Award, categoría Drama TV Series

Betty Viamontes

Una muchacha llamada Polina

Publicado en los Estados Unidos por

Zapote Street Books, LLC, Tampa, Florida

Portada del libro por SusanasBooks LLC

.

Número ISBN: 978-1-955848-14-5

Impreso en los Estados Unidos de América

Prefacio

Betty Viamontes le hizo una promesa a su madre: compartiría su historia con el mundo. En 2011, su progenitora murió después de luchar contra el cáncer durante diez años. En 2015, Betty cumplió su promesa con la publicación de *Esperando en la calle Zapote,* una novela que ganó el *Latino Books Into Movies Award.* Le tomó catorce años escribirlo.

Los lectores acogieron este libro escrito como novela y le pidieron a Betty, a través de los medios de comunicación social, que siguiera contando estas historias. Desde entonces, ha abordado en profundidad múltiples aspectos de la vida de la diáspora cubana: la revolución de Fidel Castro, los Vuelos de la Libertad, el éxodo de Pedro Pan, la invasión de Bahía de Cochinos y el éxodo del Mariel, entre otros. Ella quiere convertirse en una voz para los que no la tienen y así preservar la historia del pueblo cubano.

En esta publicación, *Una muchacha llamada Polina,* ella profundiza en los hechos ocurridos cuando un grupo de cubanos desesperados irrumpió en las puertas de la Embajada de Perú en La Habana en 1980 para solicitar asilo político. A través de los ojos de los personajes, Betty explora el drama humano que se desató.

Desde el principio, la historia involucra al lector con Polina, de diecisiete años, y describe lo que sucede a su alrededor durante su estadía en la embajada. Después de varios días sin apenas comer, se siente tan débil que se pregunta si la muerte está cerca. Es en ese capítulo cuando el lector descubre un secreto que Claudia, la tía de Polina, se había llevado a la tumba. A Polina le llevará varios años descubrir esa verdad y otras ocultas a ella.

Los lectores se enamorarán de la abuela Reimunda, la bisabuela de Polina, quien dice exactamente lo que piensa y a menudo se mete en problemas por hablar abiertamente en contra de la revolución. También seguirán las vivencias de Maritza y Andrea, dos madres que dieron a luz la noche en que nació Polina.

El amor, la dinámica familiar, el drama, el suspenso, la brujería, la adivinación y los acontecimientos históricos son solo algunos de los elementos que mantendrán a los lectores de esta novela al borde de sus asientos.

Escrito por Susana Jiménez-Mueller, autora de *Now I Swim*, coautora del *El Vuelo del Tocororo*, autora y productora de *The Green Plantain – The Cuban Stories Project podcast*

Les dedico este libro a...

Mi madre, por demostrarme que todo es posible.

Mi amado esposo y mi familia, por su apoyo incondicional.

Mis leales lectores, por leer mis libros, compartir mis reseñas y animarme a seguir escribiendo.

Capítulo 1
Polina

Indeseables

De todos los eventos que presencié en 1980, cuando irrumpí junto a mi familia en la Embajada del Perú en La Habana para solicitar asilo político, hay uno que permanece grabado en mi memoria.

Entre las miles de personas que nos rodeaban, recuerdo a un niño de no más de siete u ocho años. Tenía los ojos hundidos, el cuerpo esquelético y la piel, como la mía, quemada por el sol. Estábamos sentados cerca de un árbol que había perdido casi todas sus hojas; algunos las habían arrancado para hacer cocimientos.

Por alguna razón que aún no logro explicar, nuestras miradas se cruzaron.

No podía levantarme. No tenía fuerzas después de varios días comiendo casi nada. Él tampoco. Recuerdo haber pensado si el final estaría cerca para los dos.

De pronto, varios trabajadores del exterior de la embajada comenzaron a repartir pequeñas cajas de comida. La multitud se abalanzó hacia la verja para intentar alcanzar una. Desde donde estaba sentada, apenas podía ver; demasiados cuerpos bloqueaban mi vista. Parecía que lanzaban las cajas por encima del muro.

Entonces comenzaron los golpes.

Estallaron peleas mientras la lucha por la comida se volvía cada vez más desesperada. Algunos hombres ya no parecían personas, sino animales hambrientos.

Yo habría ido también... si hubiera tenido fuerzas.

Mi madre, Maritza, lloraba a mi lado mientras me sostenía la mano. Mi padre y mi novio, Alfredo —de dieciocho años, un año mayor que yo—, se habían unido a la multitud. No sé cuánto tiempo estuvieron lejos.

Cuando regresaron, traían una pequeña victoria en las manos: dos cajitas blancas.

Se sentaron junto a nosotras y compartimos lo poco que había dentro: arroz con huevo.

El niño me miraba mientras yo comía.

Quise darle algo, pero el arroz me sabía a gloria. Por fin, algo de sustento. No podía detenerme. El hambre también me había transformado.

Éramos más de cinco mil personas dentro de la embajada. Más tarde supe que la comida solo alcanzaba para una tercera parte.

El padre del niño regresó con el rostro golpeado y la mirada derrotada. No había conseguido nada. Su hijo lo miró con decepción... y luego volvió a mirarme a mí.

En el fondo de mi cajita quedaba una última cucharada.

El hombre, delgado, sudoroso, con el cabello en desorden y la ropa sucia, levantó los brazos al cielo.

—¡Ayúdame, Dios mío! —gritó.

Después negó con la cabeza y le dijo algo a su hijo. El niño asintió, inexpresivo.

El padre comenzó a acercarse a quienes aún tenían comida. Algunos la protegieron instintivamente; otros, con vacilación, dejaron caer una cucharada de arroz en sus manos. Él la llevó hasta su hijo, que la devoró con desesperación.

Guardé mi última cucharada para el niño.

Mi madre no debió notar mis intenciones. De haberlo hecho, me habría dicho lo de siempre:

—Polina, cómete toda tu comida.

El gobierno nos llamaba "indeseables", porque muchos de nosotros preferíamos arriesgarlo todo antes que seguir viviendo en Cuba.

Recuerdo también a una mujer que le dijo a mi madre:

—No estoy buscando un futuro... sino un presente, porque no tengo ninguno.

Sus palabras me ayudaron a entender un poco mejor a mis padres.

La embajada no solo sería la puerta hacia un nuevo presente, sino también el umbral de un secreto que mi tía Claudia —la hermana de mi padre— se había llevado a la tumba.

Capítulo 2
Andrea

La danza

Me pregunto: —Si toda mi existencia hubiera estado basada en una mentira, ¿querría saberlo?

Mi nombre es Andrea, un nombre que mi madre eligió durante su último mes de embarazo. Significa *valiente*. Algunas personas lo asocian con la inteligencia y la búsqueda de la verdad. Sin embargo, ahora que la verdad sobre mi pasado ha salido a la luz, no me siento preparada para aceptarla.

No puedo imaginar cómo terminará mi historia, que inexplicablemente ha vinculado mi vida con la de una joven llamada Polina. Quizás, al compartirla, logre desenterrar las respuestas. Es el año 2000 y tengo cincuenta y cinco años. Supongo que me quedan varios más por delante... pero ¿y si no fuera así?

Por eso me comuniqué con una escritora: para que documentara mi historia, mi verdad; esa verdad que descubrí hace diez años y que cambió mi vida sin cambiar nada.

***

Lo conocí el primer sábado de septiembre, en casa de un vecino, en el pequeño pueblo de Sevillano, en La Habana. Corría el año 1961. David, de catorce años, era el único hijo de la familia Martino. Acababa de regresar a casa después de haber estado en el campo durante varios meses, enseñando a agricultores que no sabían leer ni escribir.

La danza

Durante los primeros años de la revolución de Fidel Castro, la erradicación del analfabetismo se había convertido en un objetivo clave. La Comisión Nacional de Alfabetización imprimió los manuales *¡Venceremos!* y *Alfabeticemos* para introducir a los incultos al nuevo régimen mediante un currículo progubernamental.

David había sido uno de los más de 100,000 maestros desplegados para este esfuerzo. Su grupo, los Brigadistas Conrado Benítez, formó parte de la segunda fase de la campaña de alfabetización. Se había organizado cuando Castro cerró las escuelas, en abril de 1961, para alentar a los estudiantes a unirse al proyecto. Para prepararse, asistieron a un curso intensivo de una semana.

Después del entrenamiento, David fue enviado a las montañas del Escambray, en la provincia de Oriente, donde la necesidad era mayor. Bajo la supervisión de maestros, tuvo que vivir en áreas rurales sin acceso a necesidades básicas como agua corriente o electricidad. Después de meses fuera de casa, regresó desencantado de la revolución. No sabía las razones ni me importaban en ese entonces. Más tarde, mi madre especularía que quizá algo le sucedió mientras estaba lejos de casa, sin la supervisión de sus padres... o tal vez no le gustaba formar parte de los esfuerzos de adoctrinamiento.

Había perdido algunas libras durante su ausencia y su tez lechosa se volvió bronceada. Desde su regreso, según una conversación que sus padres tuvieron con los míos, David parecía a menudo perdido en sus pensamientos. Sus padres le hacían preguntas, pero él permanecía evasivo.

—¿Cómo te fue por allá? —le pregunté después del saludo obligatorio, un abrazo y un beso en la mejilla.

Me miró por un momento, bajó la vista y respondió:

—No quiero hablar de eso.

—¿Tuviste una mala experiencia?

Guardó silencio unos segundos.

—¿Podemos hablar de otra cosa?

Su familia, temiendo por su seguridad si permanecía en el país, comenzó de inmediato a planear enviarlo a los Estados Unidos mediante el programa Pedro Pan. Bajo este programa, los padres, temerosos de que el gobierno les arrebatara sus derechos paternales, enviaban a sus hijos solos al extranjero hasta encontrar la manera de reunirse con ellos. El programa, patrocinado por Caridades Católicas, proporcionaba exenciones de visa en coordinación con el gobierno de los Estados Unidos.

Al igual que los padres de David, los míos ya habían decidido enviarme al extranjero, sin darse cuenta de las complicaciones que se avecinaban.

En el momento en que entré en el patio, con un vestido de muselina rosado, de falda ancha ceñida a la cintura y una sayuela vaporosa, algunos jóvenes me miraron, lo que me hizo sentir incómoda. Aun así, me alegró ver a mis padres felices por primera vez en varios días.

Mis padres habían tratado de protegerme de lo que estaba ocurriendo en el país, desde las ejecuciones hasta la escasez que ya comenzaba a formar parte de la vida cotidiana. Hasta entonces, había vivido sin mayores preocupaciones, aparte de las inseguridades propias de mi edad. Pronto, eso cambiaría.

Aquella noche fresca, jóvenes y adultos se habían congregado en un amplio patio de losas, bailando bajo la luz de la luna llena y el resplandor de docenas de luces amarillas. Mis padres deslumbraban: mami, con un vestido rosado sin mangas y una falda amplia como la mía; papi, con su guayabera de lino blanco, de mangas largas y perfectamente almidonada. Sus rostros brillaban mientras la música los alejaba de sus preocupaciones. A diferencia de otros días, no parecían inquietos por los discursos, los lemas como "Cuba Sí, Yanquis No", ni las vallas publicitarias que llenaban La Habana con imágenes de los héroes de la revolución.

—¿Recuerdas esa canción de cuando teníamos veinte años? —le preguntó mami a papi.

—Claro que sí. ¿Cómo podría olvidarla?

Le dedicó una mirada que reservaba solo para ella, en la que el coqueteo, el amor y el orgullo se mezclaban casi divinamente. Disfrutaba observándolos y me preguntaba si algún día encontraría algo así.

Unos minutos después de nuestra llegada, un joven alto, de cabello negro cuidadosamente peinado hacia atrás, bigote fino y ojos oscuros, se acercó a nosotros. A nuestro alrededor, la música, las conversaciones y las risas parecían darle vida a la noche. Las parejas bailaban danzón, un baile tradicional, elegante y pausado, en el que las damas, de vez en cuando, abrían sus abanicos para refrescarse mientras se sostenían del brazo de sus acompañantes.

Mi padre me había enseñado a bailar correctamente y, aunque no me consideraba bonita, sí confiaba en mis habilidades como bailadora. Por eso, cuando el joven dijo:

—Mi nombre es Mario Pereda Rodríguez. ¿Me concede este baile?

Respondí:

—No, gracias. Me gusta bailar con bailadores expertos.

Ahora, al recordarlo, me imagino cómo debieron sonar mis palabras. Sin embargo, en lugar de ofenderse, sonrió.

—Entonces, ¿se considera una experta?

—Creo que sí.

—Muy bien. Mi padre es uno de los mejores bailadores de danzón que conozco. ¿Le gustaría bailar con él? Él podría confirmar su talento.

—¿Es esto una prueba?

—Solo si usted quiere que lo sea —respondió, dejando escapar una leve sonrisa.

Papi miró a mami y asintió. Mario se disculpó y fue en busca de su padre. Regresó poco después acompañado de un caballero que aparentaba más de cuarenta años.

—Buenas noches. Mi nombre es Julio Pereda.

Papi frunció el ceño y lo observó con cautela.

—Soy primo del padre de David, de Santos Suárez —aclaró Julio.

El alivio se reflejó en los rostros de mis padres. Tras una breve conversación, Julio pidió permiso para bailar conmigo. Mi padre me miró, y al asentir yo, accedió.

Julio me llevó al centro de la pista. Bailaba con tal aplomo que pronto atrajimos la atención de quienes nos rodeaban. Sentí un leve rubor. Solo había bailado en reuniones familiares, no ante desconocidos. Me concentré en el ritmo, intentando ignorar las miradas.

—Eres una excelente bailadora —dijo Julio.

—Ya se lo había dicho a su hijo —respondí, aunque no me sentía tan segura como mis palabras sugerían, sobre todo al notar que él era mejor que yo.

—Y muy humilde, además.

Sonreí. Si tan solo supiera cómo me sentía en realidad.

—Mamá dice a veces que no necesito una abuela.

—Tiene razón. Las abuelas siempre halagan a sus nietos. Pero, si no le molesta mi observación, no debería apresurarse a sacar conclusiones. Mi hijo ha aprendido de los mejores.

—Es usted un bailador excepcional —admití.

—Me alegra contar con su aprobación. Entonces, ¿le daría una oportunidad a mi hijo?

—Si es tan bueno como usted, sí.

La danza

Julio detuvo el baile, dobló el brazo y me lo ofreció. Coloqué mi mano en su codo y me condujo hasta donde estaba Mario.

—Hijo, esta hermosa joven ha aceptado bailar contigo.

Mario me llevó de nuevo a la pista. Colocó un brazo alrededor de mi espalda; yo posé una mano sobre su hombro. Nuestras manos libres se encontraron, y comenzamos a bailar. La cercanía de su cuerpo al mío provocó un leve cosquilleo que recorrió todo mi cuerpo. Respiré hondo para tranquilizarme. Tenía que concentrarme para no perder el ritmo.

—¿Cumplo con tu alto estándar? —preguntó.

—Definitivamente —respondí, alzando ligeramente las cejas. Y lo hacía.

—Entonces, ¿cómo te llamas?

—Andrea.

—Un nombre hermoso, perfecto para una joven encantadora.

—Gracias.

Bailamos y conversamos durante toda la noche. Yo hablaba más que él, pero nunca me interrumpía. Me escuchaba con una atención que me sorprendía, como si cada una de mis palabras tuviera importancia. Nunca me había sentido tan cómoda con alguien.

Me contó que tenía veinte años, que trabajaba en una tienda de ropa de caballeros y que vivía con sus padres en la calle Zapotes, en Santos Suárez. Había terminado recientemente una relación de tres años al descubrir que su novia lo engañaba. No lo mencionó de inmediato; tuve que insistir para que me lo contara.

No podía imaginar tal traición. Amar a alguien con todo el corazón y ser engañado así... me parecía inconcebible. Le dije que ella debía haber sido cruel e indigna de su amor. Él sonrió con amargura.

Hablamos de nuestras comidas favoritas. A ambos nos gustaba mezclar cake con ensalada de coditos; aquella combinación de dulce y salado nos fascinaba. También compartíamos el gusto por la pizza, el cine y la lectura.

—¿Qué piensas de la revolución? —preguntó de pronto.

La pregunta me tomó por sorpresa. Dudé antes de responder.

—Mis padres intentan ocultarme muchas cosas. Creen que no sé lo que ocurre, pero he visto cosas.

—¿Qué has visto? ¿Se lo has dicho?

—No es algo que mencionaría en una fiesta. A menudo pienso en ello, pero no estoy lista para hablar. No quiero preocuparlos.

—¿Tiene que ver con mi pregunta?

—Sí.

—Entonces, ¿puedes responder sin revelar tu secreto?

—Prefiero no hacerlo... por ahora.

—Está bien.

—Y tú, ¿eres revolucionario?

—Al igual que tú, prefiero no responder.

—Perfecto. De todos modos, no me interesa saberlo —dije, medio en broma.

Él se rió.

Su voz tenía un efecto tranquilizador en mí. Era firme, cálida, perfectamente modulada.

Aquella conversación, que en apariencia parecía trivial, no reflejaba lo que sus ojos habían dejado grabado en los míos. Lo comprendí esa misma noche, cuando me acosté con las ventanas abiertas, escuchando el canto de los grillos y contemplando un cielo lleno de estrellas. Aún podía percibir su colonia y recordar su respiración. Casi podía sentir sus manos rozando las mías, provocándome una sensación cálida y desconocida.

La danza

No veía la hora de volver a verlo, aunque no sabía cómo. Él no sabía dónde vivía yo.

Y aun así, estaba convencida de algo:

No había sido un encuentro casual.

Dios lo había puesto en mi camino por una razón.

Capítulo 3
Andrea

Mario

Mamá y yo estábamos de compras cerca de la esquina de las avenidas Galiano y San Rafael cuando volví a ver a Mario. Él buscaba un regalo para su madre y le pidió permiso a la mía para hablar conmigo a solas. Si mi padre hubiera estado con nosotras, no lo habría permitido.

—Quédate aquí mismo y regresaré. No te vayas de esta esquina, ¿me escuchas? —me dijo mamá.

—Señora, prometo que no nos moveremos de aquí —respondió Mario.

Ella lo miró fijamente a los ojos y luego dirigió su mirada hacia mí.

—Muy bien —añadió.

Se dio media vuelta y se marchó. Podía escuchar el sonido de sus tacones al alejarse. Su bolso colgaba de su brazo y su cabello oscuro se movía suavemente con cada paso. Personificaba el estilo y la elegancia.

Desde donde estábamos, podíamos ver lo que quedaba de la grandiosa tienda El Encanto, que en otro tiempo había sido el centro de la elegancia y la moda en La Habana. Ubicada en un edificio de cinco pisos y construida en 1888 por dos españoles, había sido la tienda por departamentos más grande de Cuba. Sus vitrinas navideñas podían compararse con las de Macy's en Nueva York. Ofrecía los mejores perfumes, modas y cosméticos traídos de Nueva York y París.

Antes del triunfo de la revolución, la tienda era privada. En 1959, el gobierno de Fidel Castro la nacionalizó y colocó el letrero "Nacionalizado" bajo su nombre. Sin embargo, el 9 de abril de 1961, una bomba explotó cerca de la entrada. Aproximadamente una hora después, dos artefactos incendiarios detonaron dentro del edificio y, en cuestión de minutos, las llamas lo consumieron por completo, marcando el final de una época. El Encanto se había convertido en un espectro del pasado de Cuba.

En ese momento, la resistencia anticomunista estaba en pleno auge. El atentado precedió a los bombardeos del 15 de abril de 1961 contra los aeropuertos de San Antonio de los Baños y Santiago de Cuba, seguidos por la fallida invasión de Bahía de Cochinos el 17 de abril. Estos acontecimientos dieron lugar a interrogatorios y detenciones masivas en toda la isla, impulsados por la creciente desconfianza del gobierno. Sin embargo, muchas cosas permanecían ocultas. Algunos creían que el propio gobierno había incendiado El Encanto, como parte de un intento por borrar el pasado que representaba.

Nos encontrábamos a una cuadra de la tienda, bajo una pasarela peatonal sostenida por altas columnas, protegidos por el segundo piso de un edificio.

Cuando mamá desapareció al doblar la esquina, miré a Mario con nerviosismo. Parecía más alto de lo que recordaba. Llevaba una camisa azul claro y pantalones color carmelita. Noté sus ojos color ámbar y su bigote fino, y, como la noche anterior, mis manos comenzaron a humedecerse.

Como si hubiera percibido mi inquietud, sonrió.

—Eres aún más bonita cuando la luz del sol ilumina tu rostro —dijo.

Sonreí tímidamente.

—Y me encantan los hoyuelos que se forman en tus mejillas cuando sonríes —añadió.

No sabía cómo comportarme. Tan segura de mí misma como me había sentido la noche anterior, ahora, en medio del bullicio de la ciudad, me sentía vulnerable. La gente caminaba por la acera, los autos pasaban por la avenida... y yo me desmoronaba por dentro.

Me tomó la mano.

—No tienes que ponerte nerviosa —dijo—. Sé que no tenemos mucho tiempo, pero debo confesarte que no he podido sacarte de mi mente desde que nos conocimos. ¿Has pensado en mí?

Evadí su mirada, retiré suavemente mi mano y asentí. Su rostro se iluminó.

—Me alegra que la atracción sea mutua. ¿Has tenido novio alguna vez?

—No.

—¿Crees que tu papá me permitiría visitarte como tu novio?

—¿Quieres ser mi novio? —pregunté, llevando la mano al pecho—. Papá no quiere que tenga novio. Además, mis padres quieren que me vaya de Cuba.

—¿Irte? ¿Adónde?

Esperé a que una pareja se alejara antes de responder en voz baja:

—No debo decírselo a nadie, pero te lo diré: a los Estados Unidos.

Sus ojos se abrieron con entusiasmo.

—¡Yo también me voy!

—¿En serio?

Asintió.

—Mis padres quieren que me vaya primero porque aún necesitan terminar sus documentos —continué—. Tendré que quedarme con un tío cuando llegue a Miami.

—Andrea, no creo en las coincidencias. Creo que estábamos destinados a conocernos. ¿No te parece?

Me encogí de hombros.

—Tal vez.

—Escucha —continuó—, no vengo de una familia acomodada. Tú, en cambio, pareces tan elegante, tan delicada... Pero he trabajado desde los quince años. Mis padres vivían en un solar en Santos Suárez. Crecí en una habitación pequeña, entre cuatro paredes. Por las noches escuchaba a las ratas moverse por las casas vecinas, y a veces entraban en la nuestra. Mi madre tenía trampas por todas partes. Trabajé en lo que encontré, hice contactos, hasta conseguir empleo en una tienda de ropa. Mi gerente me enseñó a comportarme como alguien distinto. Tuve que crecer rápido. Y si te envían sola al extranjero, tú también tendrás que hacerlo. Tal vez podamos ayudarnos.

—Pero tu papá no parece un hombre pobre.

Sonrió.

—Su madre fue bailarina en Tropicana. Quedó embarazada de un hombre que desapareció, así que mi padre nunca lo conoció. Ella le enseñó a bailar y, a veces, lo llevaba al escenario. Murió cuando él tenía dieciséis años. Venimos de una familia que sabe adaptarse.

—Lo siento mucho —le dije.

Después de su confesión, comencé a contarle sobre mi vida. Era muy distinta a la suya. Mis padres me lo habían dado todo, pero sentía que pronto todo cambiaría. Mi madre era maestra y mi padre ingeniero. Habíamos vivido con comodidad.

—Y nunca hemos ido a Tropicana —añadí.

—No es un lugar para alguien como tú —dijo.

Hablamos de nuestros planes. Yo quería terminar mis estudios, casarme y tener una familia. Él también. A mí me gustaba el helado de chocolate; a él, el de vainilla. A ambos nos gustaban los perros, las reuniones familiares y también los momentos tranquilos para leer. Yo leía a Agatha Christie. Él prefería libros de política, negocios e historia.

—Eso me ayuda a encajar mejor —explicó—. Si parezco educado, vendo más.

Después de un rato, miré mi reloj.

—Mamá regresará pronto.

—Antes de que llegue... ¿puedo besarte?

—Nunca he besado a nadie.

—Está bien —dijo—. Puedo enseñarte.

Nos escondimos detrás de una de las columnas. Cuando estuvimos solos, nuestros labios se encontraron por primera vez. Un cosquilleo recorrió todo mi cuerpo. Quería otro beso... pero giré la cabeza al ver, a lo lejos, a mi madre regresar.

—¡Mamá viene! —susurré.

Se separó de mí.

—Me gustaría visitarte —dijo.

—No sé si mi padre lo permitiría.

—Hablaré con él.

—Es mejor que no lo hagas.

Esperó a que mamá regresara antes de despedirse.

Más tarde, cuando uno de mis tíos nos llevó a casa, mamá me preguntó:

—Entonces, ¿de qué hablaron?

—De nada en particular —respondí.

Pero en realidad pensaba en la sonrisa de Mario... y en la calidez de sus labios sobre los míos.

Capítulo 4
Maritza

Santos Suárez

—Maritza, estoy en casa —anunció mi esposo, Tomás, mientras atravesaba la sala y el comedor camino a la cocina.

Si hubiéramos sabido entonces lo que la vida nos tenía reservado, a veces me pregunto si habríamos tomado las mismas decisiones.

Vivíamos en un apartamento en la calle Zapote, a un par de cuadras del Parque Santos Suárez. Aunque Zapotes era el nombre oficial de la calle, con el tiempo la gente comenzó a llamarla simplemente Zapote. Nuestro apartamento había pertenecido a mi tía Florinda, quien murió la misma noche en que Fulgencio Batista, el predecesor de Fidel Castro, huyó del país: el 31 de diciembre de 1958.

Al día siguiente, el 1ro de enero de 1959, mientras la gente inundaba las calles celebrando la victoria de la revolución, yo permanecí en casa, llorando la pérdida de mi tía. Hasta su muerte, me había quedado cuidándola, mientras mi esposo trabajaba como maestro de escuela primaria.

La tía Florinda había sido como una madre para mí desde que mis padres murieron en un accidente de motocicleta cuando yo tenía quince años, por lo que su pérdida me afectó profundamente. Como una forma de defensa, cambié los muebles de lugar y reorganicé las fotos en las paredes, pero cada rincón seguía recordándome su presencia: su voz suave, su cariño constante, su amor maternal.

17

Decidida a no dejar que el dolor me consumiera, como ocurrió cuando perdí a mis padres, comencé a trabajar en la Panadería de Toyo, ubicada a pocas cuadras de nuestro apartamento, un lugar impregnado del aroma hipnótico del pan recién horneado.

Además, todos los fines de semana, Tomás y yo comenzamos a dar paseos por el parque. Nos sentábamos en un banco a observar a la gente pasar, mientras las arboledas, vestidas de flores anaranjadas, competían por captar mi atención. Allí encontraba paz. Era un lugar de amantes, de familias, de niños, de risas... y, a veces, de llanto. Era allí, rodeada de naturaleza, donde me sentía más cerca de mis padres y de mi tía. Cuando la brisa acariciaba mi rostro, era como si me enviaran mensajes de amor, recordándome que siempre estarían conmigo.

Nunca entendí por qué, después de la muerte de mis padres, los pájaros a veces se me acercaban y permanecían cerca de mí por un tiempo. Mi tía solía decir que eran mensajeros divinos de Dios, que mis padres los utilizaban para hacerme sentir su amor desde el más allá.

Después de la muerte de mi tía, consideré cambiar nuestro apartamento en Santos Suárez por uno cercano a la familia de mi esposo en Marianao. Sin embargo, Santos Suárez siempre había sido mi hogar, el lugar donde vivían todos mis recuerdos. No es que Tomás hubiera sugerido mudarnos; al contrario, decía que también le gustaba mi barrio. Pero siempre supe que se había quedado por mí.

Aunque mi familia y yo éramos de medios modestos, Santos Suárez —nombrado en el siglo XIX en honor al diputado y abogado Leonardo Santos Suárez y Pérez— ofrecía muchas comodidades y estaba profundamente ligado a la historia de Cuba. Desde que Tomás se mudó con mi tía y conmigo tras nuestro matrimonio, comenzó a investigar la historia del barrio. Me contó que Leonardo Santos había sido uno de los tres diputados que votaron por la destitución del monarca español Fernando VII el 11 de junio de 1823, cuando Cuba aún era colonia española. Ese mismo año, el rey fue restaurado en el poder, y Leonardo y otros diputados se vieron obligados a huir a Gibraltar antes de establecerse en los Estados Unidos.

No fue hasta 1898 que Cuba logró su independencia de España, tras varias guerras y la firma de un tratado entre España y los Estados Unidos.

Estados Unidos ocupó la isla durante los tres años siguientes, retirándose solo después de la creación de la República de Cuba y la entrada en vigor de la Enmienda Platt, que, entre otras condiciones, establecía una base naval estadounidense en Guantánamo.

La República de Cuba se estableció el 20 de mayo de 1902, pero la isla parecía destinada a una historia turbulenta. Una sucesión de gobiernos, golpes militares y actos de corrupción entre 1902 y 1958 sembraron las semillas de la revolución.

Cuando Santos Suárez comenzó a desarrollarse, estaba compuesto principalmente por casas de madera. Con el tiempo, muchas fueron reemplazadas por construcciones de mampostería, con columnas altas y redondeadas en sus portales, una característica típica de la arquitectura española.

A principios del siglo XX, un río atravesaba el barrio. Cada vez que llovía intensamente, la comunidad sufría inundaciones, especialmente en la esquina de Zapote y Durege, a media cuadra de nuestra casa.

Mientras los adultos temían por sus pertenencias, los niños celebraban. Para ellos, el agua era como una visita inesperada del mar. Jugaban en las calles inundadas, ignorando los gritos de sus padres desde portales y balcones:

—¡Vengan para acá, ahora mismo!

Una noche, el nivel del agua subió tanto que una niña que vivía cerca de esa esquina se ahogó. Sin embargo, ni siquiera esa tragedia logró disuadir a los niños de seguir jugando bajo la lluvia.

En las noches de fuertes aguaceros, cuando miraba la calle desde el balcón, parecía un río. La luz de la luna reflejada sobre las aguas oscuras siempre me llevaba a pensar en mi tía, en las muchas noches que pasamos juntas escuchando la lluvia caer.

Aunque las inundaciones a veces debilitaban mi amor por Santos Suárez, seguía disfrutando de todo lo que ofrecía el barrio. Llegó a contar con varios cines: Alameda, Los Ángeles, Mara, Apolo, Santa Catalina, Moderno y Florida. Tenía también dos grandes panaderías, Toyo y La Ceiba, y dulcerías como La Gran Vía y La Royal. Según mi tía, La Gran Vía podía competir con cualquier dulcería de Francia.

Pero esa reputación no duraría.

Con el ascenso de Castro al poder, la escasez comenzó a imponerse, y poco a poco, el Santos Suárez que había llegado a amar empezó a desvanecerse.

Capítulo 5
Maritza

El deseo

El año 1961 estaba llegando a su fin y mi esposo y yo, después de casi cinco años de matrimonio, no habíamos logrado concebir. Habíamos probado todo lo que las mujeres más experimentadas del vecindario nos habían recomendado. El último remedio, sugerido por una amiga que era bisnieta de una mujer que había sido esclava, consistía en un brebaje preparado con la carne de una güira verde, cocida con ron de caña y raíz de jengibre. Mezclé todos los ingredientes, los colé y luego añadí miel y melaza. Guardé la mezcla en una botella de vidrio verde, la sellé con un corcho y la coloqué en el refrigerador. Durante veintiún días bebí una onza diaria.

Pero nada había funcionado.

Quizás era el estrés de todo lo ocurrido en el país desde que nos casamos en el Palacio de los Matrimonios, un par de años antes de que Batista huyera.

Mi esposo, como muchas personas en la isla, había apoyado a los rebeldes de Castro hasta abril de 1961. Ese mes, un grupo de exiliados, entrenados por la CIA, desembarcó en Cuba con el propósito de derrocar a Castro. Fracasaron, y miles de personas en toda la isla, sospechosas de apoyarlos, fueron detenidas, interrogadas y encarceladas. El hermano de mi esposo, Luis, formaba parte de ese grupo.

Días después, Luis fue liberado, pero ya no era el mismo hombre alegre que la familia recordaba.

—Tortura psicológica —dijo Tomás.

21

El deseo

Claudia, la hermana mayor de Tomás, justificó al nuevo gobierno. Tomás no. Dejó de confiar en los revolucionarios. Mientras tanto, la Cuba que habíamos conocido continuaba transformándose a un ritmo vertiginoso. Fuimos testigos de la nacionalización de los medios de comunicación, de los bancos y de los servicios públicos. El gobierno se apropió de las tierras y de los medios de producción. Muchos opositores fueron golpeados y encarcelados, y cientos murieron ante los pelotones de fusilamiento.

Luis se había opuesto al nuevo gobierno desde el principio y, tras su liberación, comprendió que ya no podía quedarse en Cuba. Una noche, llegó a nuestro apartamento para despedirse de su hermano. Planeaba salir del país ilegalmente. No se lo había dicho a nadie más de la familia.

Tomás trató de persuadirlo.

—Es demasiado peligroso. ¿Y si te atrapan? ¿Y si te matan?

—Me subestimas, hermano. No entiendes. No puedo respirar en este lugar. No te preocupes por mí. Hoy puedo salir de este país como una rata, pero soy ingenioso. Encontraré la manera de levantarme de nuevo fuera de este lugar abandonado por Dios. Por favor, abraza a nuestros padres y a mi hermana por mí. Diles que fue mejor así.

Los hermanos se abrazaron por última vez.

Luego, Luis me abrazó.

—Cuida a mi hermano —me dijo.

—Sabes que lo haré.

Sonrió, me dio unas palmaditas en el hombro, tomó sus maletas... y se fue.

Yo no estaba de acuerdo con su decisión. Pensaba que las cosas no podían seguir empeorando de esa manera. Tampoco creía que marcharse fuera la solución. Pero, aunque su partida me afectó, otras preocupaciones ocupaban mi mente. Guardé mis pensamientos para mí.

Tomás ya tenía suficiente con el peso de la situación del país.

Si bien él vivía con la ansiedad de lo que ocurría a nuestro alrededor, a mí me atormentaba la idea de haberle fallado como esposa. Sabía que deseaba una familia tanto como yo, pero con el tiempo parecía haber aceptado que yo no podía dársela. Sentía que debía hacer algo.

Desesperada, y sin decirle nada, visité a la santera que vivía en nuestro edificio. Sabía que Tomás no aprobaría mi decisión. Incluso acercarme a su apartamento me aterraba. Había escuchado demasiados rumores sobre su relación con la magia negra. Sin embargo, también decían que era una adivina certera, y necesitaba saber qué me deparaba el destino.

Esperando que nadie me viera, caminé por un pasillo oscuro y estrecho entre las paredes exteriores de la casa colonial contigua y las de nuestro edificio. Al llegar, toqué la puerta descascarada.

Minutos después, Isolina abrió.

Un olor penetrante a comida descompuesta, mezclado con el de su propio cuerpo, me revolvió el estómago. Noté que la ventana de la sala, que daba al pasillo, estaba cerrada. El calor dentro del apartamento era sofocante.

Por un instante, quise dar media vuelta y regresar a casa, pero mi necesidad fue más fuerte que el miedo.

—Hola, Isolina —le dije—. Lamento molestarte. Me dijeron que puedes predecir el futuro... y necesito tu ayuda.

Me observó con recelo antes de invitarme a entrar. No me sorprendió su actitud. Apenas habíamos cruzado palabras desde que se mudó, unos años atrás.

La seguí hasta la sala, apenas iluminada por velas colocadas frente a imágenes de santos alineados como soldados en una esquina. A su alrededor había restos de comida, incluidos unos plátanos casi podridos.

El deseo

Me condujo al comedor, colocó una vela sobre la mesa y me indicó que me sentara. Luego se sentó frente a mí.

—Son veinte pesos por la lectura —dijo, extendiendo la mano.

Saqué el dinero de mi billetera y se lo entregué. Lo guardó dentro de su ajustador.

—¿Qué quieres saber?

—Quiero saber si alguna vez seré madre. Lo hemos intentado muchas veces.

Encendió un tabaco y lo llevó a sus labios. Pronto, una nube espesa de humo ocultó su rostro. Luego tomó un pequeño recipiente lleno de caracoles y los arrojó sobre la mesa, murmurando palabras incomprensibles mientras hacía movimientos extraños.

Después de un rato, se detuvo. Observó los caracoles con atención y luego me miró.

Mis manos sudaban.

—Serás madre —dijo.

Mi rostro se iluminó.

—Pero las madres no son solo mujeres que traen un niño al mundo.

—¿Qué quieres decir?

—Veo una hija en tu futuro. La amarás con todo tu corazón, pero...

—¿Pero qué?

—Eso es todo lo que puedo decirte.

—¡No me estás diciendo todo!

—Respondí a tu pregunta.

—¿Necesitas más dinero? ¿Es eso?

—Eso es todo lo que puedo decirte —repitió.

Me quedé mirándola, esperando que comprendiera mi desesperación, pero comenzó a recoger los caracoles, ignorándome.

—Escúchame —le dije—. Perdí a mis padres cuando tenía quince años. Los culpé por dejarme tan pronto... y desde entonces, lo único que he deseado es tener una hija. Si lo logro, prometo que nunca la abandonaré, que me cuidaré para que no sufra lo que yo sufrí. ¿Puedes ayudarme?

Suspiró.

—Tal vez pueda acelerar las cosas —dijo—. Pero necesitaré algunos materiales. Habrá un costo adicional.

—Gracias.

—Haremos una rogación de vientre. Después, durante siete días, antes del desayuno, deberás tomar un brebaje que te daré. Es un omiero preparado con hierbas dedicadas al orisha Azojano.

—Haré lo que me digas.

—Ahora regreso.

Permaneció en la cocina un largo rato. Cuando volvió, me pidió que me acostara en el sofá y me levantó la blusa. Luego frotó un trozo de calabaza y una panetela con miel sobre mi vientre, mientras murmuraba una invocación a Oshún, nombre que en la religión yoruba se da a la Virgen de la Caridad.

Al terminar, le pagué y llevé las hierbas a casa.

Durante los siete días siguientes seguí sus instrucciones, aferrándome a la esperanza de un milagro... y temiendo, al mismo tiempo, que no estuviera destinada a ser madre, por más que lo intentara.

Capítulo 6
Andrea

La visita

El fin de semana siguiente a que nos conocimos en la esquina de Galiano y San Rafael, Mario vino a visitarme de manera inesperada. Cuando llegó, yo estaba sentada en un sillón del portal, de suelos de losa, trabajando en mi tarea escolar. Era una mañana soleada de domingo. Los niños jugaban a la pelota en la calle y, de vez en cuando, alguien pasaba con una flauta de pan recién comprada en la panadería. Papi ya había traído la nuestra del día, que habíamos disfrutado en el desayuno con una tacita de café con leche. Aún se percibía el aroma del café desde el interior de la casa.

—Hola —dijo mientras abría la puertecita de hierro del portal—. ¿Se encuentran tus padres?

—¿Qué haces aquí? Papá se va a enojar.

—Necesito hablar con él. Te dije que quería verte.

Inhalé profundamente y luego exhalé.

—Fueron a la bodega —respondí, fijándome en su impecable camisa beige, sin una sola arruga.

—Tal vez debería regresar.

—Puedes quedarte, si quieres —le sugerí.

—¿Estás segura?

—No tardarán.

—Quería pedirle permiso para visitarte.

—Papá me protege mucho. Me temo que no lo tomará bien.

Sonrió, se acercó a mí y dijo:

La visita

—He estado pensando mucho en ti, mi hermosa Andrea, desde la última vez que nos vimos. Debo hablar con tu papá.

—¿Cómo piensas convencerlo?

—Le diré que quiero casarme contigo.

—Primero quieres ser mi novio... ¿y ahora quieres casarte conmigo?

—Solo si tú quieres, por supuesto —respondió—. Creo que estamos destinados a estar juntos. Lo noto en la forma en que tus manos se humedecen al tocar las mías, en cómo tiemblas cuando te beso y en lo fácil que nos resulta hablar, como si nos conociéramos de toda la vida.

Bajé la mirada y fingí leer.

—Me gustas, pero tengo miedo —dije.

Apenas había terminado de decirlo cuando mis padres regresaron. Papi traía varias bolsas en las manos.

—Buenos días —saludó con evidente disgusto—. No sabía que esperábamos su visita.

Mario intentó ayudarlo.

—Gracias, pero no necesito su ayuda —respondió papá con frialdad—. Voy a entrar con estas bolsas y regresaré enseguida. Espéreme aquí.

Luego, dirigiéndose a mamá, añadió:

—Quédate aquí.

Y mirándome a mí:

—Andrea, ven conmigo.

Recogí mis libros y lo seguí. Su tono dejaba claro que estaba molesto. Al entrar, dejó caer las bolsas sobre la mesa del comedor.

—¿Puedes explicarme qué está pasando? ¿Qué hace ese hombre aquí cuando no estamos? ¿No sabes que no debes permitir que entren hombres cuando no hay adultos en casa?

—¡No lo esperaba! Llegó de repente y dijo que quería hablar contigo.

—¿Sobre qué?

Evadí su mirada.

—No lo sé —respondí, encogiéndome ligeramente de hombros.

—Estás mintiendo.

—Me da vergüenza decirlo... creo que está enamorado de mí.

—¿Enamorado? ¿Lo conocías antes de la fiesta en casa de David?

—¡No! Solo hemos hablado dos veces.

—Tu madre no me dijo nada —murmuró, negando con la cabeza—. Ve a tu habitación. Hablaré con él. Tu situación ya está definida y no vas a complicarla con este hombre.

Obedecí, pero dejé la puerta entreabierta.

Mamá le pidió a Mario que entrara. Seguramente querían evitar que los vecinos escucharan. Me acerqué a la puerta para oír.

—¿Por qué está usted aquí? —preguntó mi padre.

—No quiero faltarle el respeto a su familia. Antes de continuar mi relación con su hija, creí importante hablar con usted.

—¿Relación? ¿No eres un poco mayor para ella?

—Solo nos llevamos cuatro años.

—Ella es una niña.

—Ella siente lo mismo que yo. Nos amamos.

—Andrea no sabe lo que quiere. Además, tenemos planes para ella.

—Sé que se irá de Cuba —respondió Mario—. Sé que se quedará con un tío que no está muy entusiasmado.

—¿Ella le dijo eso?

—No exactamente, pero lo entendí. Mire, sé que no me conoce. Pero he trabajado desde los quince años. Saqué a mi familia de la pobreza. Ahora vivimos mejor. Estoy aprendiendo inglés. Tengo contactos. Pagaré mi viaje en cuanto consiga trabajo.

—Sí, claro, todo muy bien planeado —respondió papá con sarcasmo—. ¿Y cuáles son sus intenciones?

—Quiero casarme con ella.

—¿Casarse? —repitió—. Julia, ¿sabías esto?

—¡No!

—He escuchado suficiente. Váyase.

—¿Puedo al menos visitarla?

—¡No!

—Tengo buenas intenciones...

—¡Esta conversación ha terminado!

—Joven —intervino mamá—. Es mejor que se vaya.

—Por respeto, me iré... pero no me rendiré.

—¿Cómo se atreve? Si intenta verla, lo denunciaré. ¿Quedó claro?

—Sí, señor.

Hubo un silencio. Luego, la puerta se cerró.

—¿Puedes creer su audacia? —dijo papá.

—Parece serio —respondió mamá.

—Habla con tu hija. Esto tiene que terminar.

Escuché pasos. Corrí a la cama y fingí leer.

—Andrea, ¿podemos hablar? —preguntó mamá al entrar.

—Un poco —respondí cuando me preguntó si había escuchado.

—Esto debe terminar.

Negué con la cabeza.

—No, mamá. Creo que estoy enamorada.

—Las muchachas de tu edad creen eso. Debes pensar con calma.

—¿Y mi tío? ¿Realmente quiere que viva con él?

—No serás un problema.

La miré.

—Déjame verlo un mes. Si sigo igual, hablamos.

—Pero tu padre...

—Sabes cómo convencerlo.

—¿Por qué dices eso?

—Abuela me lo dijo. Sabes qué botones presionar.

—No sé...

—Por favor.

Suspiró.

—Lo pensaré. Pero necesito decirte algo importante.

Nos sentamos juntas.

—No puedes contarle esto a nadie.

—No lo haré.

—Si te quedas, podríamos perderte. Hay rumores... ejecuciones... gente desapareciendo. Este país está cambiando.

Asentí.

—Vi una ejecución en la televisión.

—¡No! —dijo llevándose la mano al pecho.

—No puedo olvidarlo.

Respiró hondo.

—Las cosas empeoran. Estados Unidos y Cuba han roto relaciones. Hay miedo... mucho miedo. Por eso queremos que te vayas.

La miré fijamente.

—Lo sé, mamá. No soy tan inocente. He escuchado. He visto. Mis amigos se han ido. Todo ha cambiado.

Tomé su mano.

—Pero también sé lo que siento.

Guardó silencio.

—Estás creciendo —dijo finalmente—. Y sabes muy bien qué botones presionar.

Sonreí y la abracé.

Capítulo 7
Andrea

Próximos pasos

No sé cómo mamá convenció a papá para que me permitiera ver a Mario. Tal vez pensó que yo todavía era una niña, que no sabía lo que quería y que, con el tiempo, cambiaría de opinión.

Sus visitas comenzaron la semana siguiente a su conversación con papá. Al principio, él lo miraba con evidente desconfianza. Mario y yo nos sentábamos en los sillones del portal, bajo la mirada vigilante de mamá, quien, de vez en cuando, se asomaba por la ventana para preguntarnos si necesitábamos algo. Otras veces, simplemente permanecía allí, a pocos pasos de nosotros, junto a la puerta de entrada.

Al sentir su presencia, me volvía hacia ella y le sonreía. Mamá me devolvía la sonrisa antes de retirarse nuevamente al interior de la casa.

A veces entrábamos, encendíamos el tocadiscos de papi y bailábamos al ritmo de viejas canciones cubanas, mientras nuestras risas llenaban la casa de vida.

Mario y yo podíamos conversar durante horas, y en esas conversaciones nos íbamos descubriendo poco a poco. De vez en cuando, me sorprendía con un frasco de mermelada de guayaba o de mango que traía del campo.

Cuanto más tiempo pasábamos juntos, más difícil me resultaba imaginar mi futuro sin él. También me conmovía la manera en que hablaba de sus padres.

—Tengo la suerte de tener una familia como la mía —me dijo—. No me malcriaron; me enseñaron el valor del trabajo y del sacrificio.

No fui la única a quien logró impresionar. Mario ayudaba a papi a arreglar cosas en la casa y conseguía alimentos en el mercado negro para nuestra familia. Hacía todo lo posible por demostrarles a mis padres la seriedad de sus intenciones.

Con el tiempo, papi comenzó a cambiar de actitud. Empezó a saludar a Mario con cordialidad e incluso, en ocasiones, se sentaba con nosotros para conversar sobre la situación del país. Mario se mostraba siempre atento y respetuoso, lo que parecía tranquilizar a papá. Sin embargo, el tiempo no estaba de nuestro lado.

La fecha de partida de Mario se acercaba, mientras que la mía se retrasaba por problemas con mis documentos. Ambos comprendimos que no queríamos seguir esperando para formalizar nuestra relación. Una vez más, hablé con mamá.

Queríamos casarnos, pero no por lo civil, sino por la iglesia. Un matrimonio legal retrasaría nuestra salida y podría generar complicaciones. Mario ya había hablado con el sacerdote, quien estaba dispuesto a casarnos si contábamos con el consentimiento de mis padres.

La idea de casarme con Mario me llenaba de emoción... y de miedo al mismo tiempo. Nos habíamos besado un par de veces, siempre a escondidas, pero nada más había ocurrido entre nosotros.

Hablé con mamá en mi habitación. Nos sentamos juntas en el borde de la cama.

—Mamá, cuando llegue el momento de que Mario se vaya, no sabemos cuánto tiempo pasará antes de volver a vernos. Queremos casarnos antes de su partida... quiero que tú y papá estén presentes en mi boda. Además, así no tendré que depender de mi tío cuando llegue a Miami. El tío de Mario vive solo y tiene una habitación disponible.

Mamá guardó silencio por un momento.

—No sé... todo esto está ocurriendo demasiado rápido.

—Por favor, mamá. Mario esconderá el certificado de matrimonio entre su ropa. Así mis papeles no tendrán que cambiarse. Habla con papá.

Una vez más, accedió a hacerlo. Esta vez, sin embargo, no tardó mucho en convencerlo, sobre todo después de hablar con el tío que supuestamente iba a cuidarme.

El tío Rogelio le explicó lo difícil que sería recibirme, ya que su nueva esposa debía acoger a un hermano menor en la casa. Mamá se sorprendió de que no le hubiera mencionado ese detalle antes. Él se disculpó y añadió:

—Es cierto lo que dicen... todo sucede por una razón.

Esa frase lo cambió todo.

A regañadientes, papá aceptó mi matrimonio. Mario y yo nos casaríamos en secreto en la Iglesia La Milagrosa, aproximadamente dos meses después de habernos conocido.

La Milagrosa, una iglesia pequeña pero hermosa, ubicada en la esquina de Santos Suárez y Paz, tenía una historia compleja. Había sido inaugurada en marzo de 1927 gracias a fondos privados y préstamos bancarios. Inicialmente estuvo en la calle Serrano, pero pronto resultó insuficiente para la cantidad de fieles. Posteriormente se trasladó a otro lugar, en medio de las dificultades económicas de la Gran Depresión. Finalmente, en 1949, se estableció en su ubicación actual.

La construcción había comenzado en 1943, durante la Segunda Guerra Mundial, pero se detuvo por falta de recursos. Tras el fin de la guerra, las obras se reanudaron hasta completarse.

Próximos pasos

Años después, me preguntaría si casarme en una iglesia con una historia tan marcada por interrupciones y dificultades había sido, de alguna manera, un presagio de los eventos turbulentos que vendrían en mi propia vida.

Capítulo 8
Maritza

Nacionalizado

Una vez al mes, Tomás y yo nos reuníamos con sus padres, Clara y José, y con su abuela Reimunda para almorzar. Ella lo mantenía al tanto de todos los acontecimientos recientes en Marianao, el lugar donde él creció, algo que parecía disfrutar por la atención con que la escuchaba.

Tomás y yo tomábamos un taxi hacia Marianao desde La Piquera, una de las tantas esquinas de la ciudad donde se podían abordar autos de alquiler, muchos de ellos fabricados en las décadas de 1940 y 1950, en su mayoría Chevrolet y Ford.

Marianao, ubicado al otro lado del río Almendares, es uno de los municipios de La Habana. Su nombre proviene de la palabra maya *Mayaabo*, que significa "tierra entre ríos". Posee una rica historia que se remonta al siglo XVIII, aunque no fue hasta finales del siglo XIX cuando se consolidó como municipio, gracias a su constante crecimiento económico y social, bajo el lema: "Marianao, la ciudad que progresa".

Los taxistas siempre eran amables y conversadores. Yo respondía a sus preguntas, mientras Tomás observaba en silencio la ciudad que pasaba ante sus ojos, interviniendo solo cuando el taxista se dirigía directamente a él.

Cada vez que llegábamos, me maravillaba el Obelisco: un monumento de cuarenta metros de altura ubicado en una rotonda donde convergían las antiguas avenidas Menocal y Columbia. Era una estructura de cuatro lados coronada por una pirámide. Inaugurado en 1944 como parte de la entonces llamada Plaza Cívica, fue dedicado cuatro años después al científico cubano Carlos J. Finlay, reconocido por sus investigaciones sobre la fiebre amarilla, que condujeron a su erradicación.

Marianao contaba con numerosos restaurantes, cafeterías, tiendas y cines. De niño, a Tomás le encantaba ir al cine Margot con sus padres, que más tarde pasó a llamarse Cine Alba. Era una sala con capacidad para novecientas personas, ubicada en la Calzada de Puentes Grandes. Tenía dos columnas laterales que daban a la avenida, donde se anunciaban las películas en cartelera. Disfrutábamos contemplando aquellos grandes letreros.

Las zonas residenciales incluían casas de uno y dos pisos, con techos planos y, en muchos casos, con columnas altas y redondeadas, similares a las de Santos Suárez. Al igual que allí, pequeñas bodegas se distribuían por las esquinas del barrio.

Sin embargo, la vida, tal como la conocía Tomás, comenzaba a desvanecerse.

Durante una de nuestras visitas, Reimunda —una mujer delgada, de cabello blanco, corto y ondulado, y con espejuelos— dijo:

—Tomás, ¿te enteraste de lo que le pasó a Miguel, el limpiabotas de la bodega de la esquina?

Nos detuvimos frente a ella, apoyados en la media pared que separaba el portal de la acera, mientras ella se mecía en su sillón y se abanicaba.

—No, abuela —respondió Tomás—. No lo sé.

—Yo lo vi todo —dijo, gesticulando con sus manos artríticas—. Vinieron unos militares en un camión de cama plana, desmantelaron su equipo y se lo llevaron. Miguel trató de razonar con ellos. Se me partía el alma verlo tan desesperado, intentando evitar que se llevaran sus cosas. Era su sustento... pero no les importó.

Nacionalizado

—¿Sabes por qué hicieron eso? —preguntó Tomás.

—Claro que sí —respondió—. Y puedes llamarme chismosa si quieres, no me voy a ofender. Me gusta saber lo que pasa en mi barrio. ¡No hay nada de malo en eso! Me quedé escuchando lo que uno de los oficiales barbudos le decía: que su puesto representaba la Cuba del pasado. ¿Te imaginas semejante ridiculez?

—Todas las empresas están siendo tomadas por el gobierno —dije en voz baja, temerosa de que alguien pudiera escucharnos.

—Sí, pero eso no es todo —continuó, ajustándose los espejuelos—. ¿Supiste lo que le pasó a El Gallego, el reparador de zapatos de la Avenida 25?

Bajó ligeramente la barbilla y miró a Tomás por encima de los lentes.

—No, abuelita, pero sé que me lo dirás —respondió él.

—Trabajaba en la sala de su casa. ¿Te acuerdas, Tomás? Te llevé allí cuando tenías diez u once años para arreglarte unas botas ortopédicas. Pues vinieron los milicianos y se llevaron todo. Vi a su hermana llorando en la calle, suplicando... pero la ignoraron. No les importó cuánto rogaba. ¿Y ahora dónde vamos a reparar nuestros zapatos? Pero eso no es lo peor.

—¿Más historias? —preguntó Tomás.

—¿Tienes prisa? ¡Acabas de llegar! —replicó ella.

Tomás se rió.

—No, abuela... pero al menos dame una buena noticia.

—Deja de comportarte como una damisela —le respondió, hiriendo su orgullo masculino.

Tomás rodó los ojos, pero no dijo nada.

Todos sabían que Reimunda no tenía filtros, y aun así la perdonaban. Tenía la fortaleza de una ceiba. De joven había perdido a un hijo por fiebre tifoidea y, años después, a su esposo, quien murió de un derrame tras no superar la pérdida. A pesar del dolor, siguió adelante por sus otros dos hijos. Cosía día y noche para sostener a su familia y comprendió que solo la educación podría sacarlos de la pobreza. Se aseguró de que ambos asistieran a la universidad. Su mayor orgullo fue verlos graduarse de la Universidad de La Habana: su hijo, el padre de Tomás, como ingeniero; su hija, en educación.

—¡No estoy diciendo nada! —protestó Tomás—. Me gusta escucharte.

—Entonces escucha —continuó.

Nos habló de Manuel Gatos, un español dueño de la bodega de la esquina. El pequeño negocio incluía un bar donde los hombres se reunían a beber y jugar al cubilete, un juego tradicional, similar al póker pero con dados, muy popular después del dominó. Algunos vecinos criticaban a los hombres por apostar; otros defendían su derecho a hacerlo.

A pesar de todo, el señor Gatos era muy querido. Vivía en un modesto apartamento sobre su tienda y a veces dejaba que los niños pasaran detrás del mostrador para enseñarles cómo funcionaba el negocio.

Un día, Reimunda fue a comprar aceitunas y encontró a varios milicianos haciendo inventario. Le preguntó a Gatos qué ocurría, pero él apenas respondió. Aun así, le permitió llevarse las aceitunas sin cobrárselas.

Más tarde, supo que el gobierno había confiscado la bodega.

Días después, al regresar de la panadería, vio a un grupo de personas frente al local.

—¿Qué pasó? —preguntó.

La respuesta le heló la sangre.

El señor Gatos se había ahorcado.

Capítulo 9
Andrea

Inesperado

Luego de mi boda íntima y secreta, en la que nuestros padres y el sacerdote fueron nuestros únicos testigos, me quedé en casa de mis padres, como si estuviera soltera.

—Tenemos que mantener las apariencias —dijo mi madre.

Dos meses después, mi período no llegó.

Lo último que mis padres hubiesen sospechado era que Mario y yo ya hubiésemos consumado nuestro matrimonio. Ocurrió durante una visita a la casa de su tía. Le había dado a Mario una copia de la llave de su casa para que la usara en caso de emergencia. Ella no estaba en casa cuando llegamos. Una vez que nos encontramos solos por primera vez, no pudimos esperar más.

Después de perder mi virginidad con mi esposo, pensé que todos lo notarían por la forma en que caminaba y actuaba. Tenía miedo de que mis padres se dieran cuenta de que habíamos roto nuestra promesa de esperar hasta que Mario y yo nos reuniéramos en los Estados Unidos. Sin embargo, poco después de perder mi periodo, mi vientre comenzó a verse más inflamado. Sabía que no podría mantener mi secreto por mucho más tiempo. Necesitaba decírselo a mi madre.

La felicidad de Mario se derrochaba cada vez que venía a visitarme y, cuando mis padres nos dejaban solos en el portal, hablábamos del mejor momento para decírselo a ambos.

Cuando finalmente me dijo que se iría de Cuba dentro de aproximadamente un mes, no pudimos esperar más.

Inesperado

Esa tarde nublada, después de regresar de la escuela, le pedí a mamá que entrara a mi habitación. Ella debe haber notado la angustia en mi expresión.

—¿Está todo bien? —preguntó.

—Necesito decirte algo.

Noté su delgada figura, que hasta hace poco se había parecido a la mía.

—¿Obtuviste una mala calificación en la escuela?

—No, no se trata de mis calificaciones.

Cuando entramos en la habitación, cerré la puerta y nos sentamos una al lado de la otra, frente a mi tocador. Miré mi reflejo en el espejo y sentí lástima por mí misma. ¿Y ahora qué? ¿Cómo podría salir de Cuba?

—Mamá, necesitaré tu ayuda de nuevo —dije y miré hacia abajo.

—¿Qué pasa ahora?

Superpuse mi suéter marrón claro sobre mi torso y crucé los brazos. Durante varios días, había estado usando ropa holgada para que nadie pudiera ver los cambios en mi cuerpo. Me puse de pie y me coloqué frente a ella. Luego, lentamente, me quité el suéter y me levanté la blusa. Por si fuera poco, agarré su mano y la llevé hasta mi vientre sin decir nada.

Se llevó la mano a los labios.

—Pero ¿cuándo? ¿Cómo?

—Eso no es importante. Sucedió y lo siento mucho.

—¿Qué quieres decir con que no es importante? ¿Estás loca? ¡Prometiste esperar! Te creí. ¿Cómo puedes hacerme eso? Confié en ti y me traicionaste.

Mortificada, permaneció en silencio durante un momento.

—¿Estás segura? —me preguntó.

—No he tenido un período de tres meses y mi vientre sigue creciendo.

Me bajé la blusa y volví a ponerme el suéter. Entonces me quedé parada frente a ella, avergonzada, esquivando su mirada, mientras me agarraba de las manos.

—Por favor, mírame —dijo.

Obedecí.

—Crees que lo sabes todo, que estás lista para tomar decisiones adultas. Tuve tu edad y lo entiendo, pero mi amor, estamos sobreviviendo un tsunami y esto es solo el comienzo.

Hizo una pausa de nuevo. La frase que siguió siempre permanecería conmigo:

—No hay nada más peligroso que vivir en un lugar donde un hombre no es libre de disentir, ni de articular ideas diferentes. ¿Entiendes lo que quiero decir?

Mirándola a los ojos, sacudí la cabeza de lado a lado.

—Si tienes un hijo aquí, si este gobierno se mantiene en el poder, ese niño nunca será libre. Las personas están siendo ejecutadas o golpeadas solo porque piensan de manera diferente. ¿Por qué crees que tantos están dejando atrás todo, sus vidas enteras, para comenzar de nuevo? ¿Crees que tomar una decisión así es fácil? ¡No lo es!

—Entonces, ¿qué debo hacer? Las monjas me enseñaron que abortarme es un pecado.

—¡No! ¡Eso es lo último que te pediría que hicieras! Simplemente no sé qué estabas pensando.

Se puso de pie y comenzó a caminar por la habitación con las manos atrás de la cabeza. So rostro se sonrojó mientras caminaba.

—Necesitas quedarte en casa —dijo después de un rato—. Ya has pasado la edad de la educación obligatoria. Necesito hablar con tu padre.

—¿No más escuela?

—No podemos arriesgarnos a que alguien se entere de tu embarazo. ¿Mario lo sabe?

—Sí, por supuesto.

Inesperado

—No puede decírselo a nadie, ¿me oyes?

—Y papá ¿cómo tomará la noticia?

Ella hizo un gesto negativo con la cabeza.

—Tendré que lidiar con él.

—¿Qué pasará con mi visa?

—Llamaré a tu tío —dijo. Luego, sacudiendo la cabeza, agregó: —Esto es una pesadilla.

Capítulo 10
Maritza

Finalmente

Cansada de dar vueltas en la cama, me levanté y salí de puntillas de la habitación para no despertar a mi marido. Luego me dirigí al balcón. Era pasada la medianoche.

Para la cena, habíamos comido un poco de chícharos con arroz blanco, como hacíamos a menudo. Reimunda le había pedido a su nieta Claudia (hermana de Tomás) que nos trajera un frasco de mermelada de guayaba que había hecho, así que nos servimos un poco después de la cena. Todo ese azúcar de noche no lidió bien conmigo porque aquí estaba, completamente despierta.

Me senté en una silla y miré las tranquilas calles, ahora iluminadas por las lámparas de las esquinas, que emanaban un resplandor amarillo. Entonces, los recuerdos de mi visita a la santera me vinieron a la mente. Habían pasado varios meses desde que la visité y nada. Había botado mi dinero.

¡Qué ingenua de mi parte pensar que una adivina podría cambiar mi destino! Me quedé allí un rato, demasiado sumergida en mis pensamientos como para escuchar a Tomás cuando llegó al balcón sin zapatos y se paró detrás de mí.

—¿No puedes dormir? —me preguntó mientras acariciaba mis brazos con sus manos.

Incliné la cabeza hacia arriba para mirarlo.

—No, no podía. Estaba pensando.

—¿Sobre qué?

Devolví mi cabeza a su posición normal y miré hacia la calle mientras respondía.

—La abuela de mi padre, Leila.

—¿Por qué ella?

—Mi padre me dijo que tuvo doce hijos. Vivían de la tierra en Camagüey, una gran familia feliz.

—¿Me estás diciendo que quieres convertirte en agricultor? —preguntó burlonamente.

Sacudí la cabeza.

—Sabes a lo que me refiero. Lo hemos estado intentando durante tanto tiempo...

Inhalé el aire húmedo de la noche mientras él acariciaba mis brazos y me besaba la mejilla. Luego, se paró frente a mí, vestido con solo un par de pantalones cortos. Se veía bien; en forma, por todas las caminatas que hacíamos por el vecindario para llegar a cualquier parte.

—No tengo ningún problema en quedarme como estamos —dijo.

—Eso es lo que dices ahora. Siempre quisiste una familia. Además, ¿cuál es nuestro propósito en esta tierra, si no es tener hijos? Me siento inútil.

—No eres inútil. No digas eso. Y hay mucho que podrías hacer por la sociedad más allá de tener un hijo.

—¡Tengo tanto amor que podría ofrecerle a un hijo o a una hija!

—Sé que serías una muy buena madre —dijo—. Cuando te vi por primera vez, fue como si el amor brotara de tu interior. Fue una de las cosas que me atrajo de ti. ¿Recuerdas el día en que nos conocimos en el Jardín Zoológico?

Asentí con la cabeza.

—¿Es por eso por lo que te gusta tanto ir al zoológico?

—Es una de las razones. También nos da algo que hacer, además de ir a la playa, al parque o a la casa de mis padres. ¿Recuerdas ese día? Primero vi tu cabello largo y negro. El viento levantó algunas hebras sobre tu cara y las colocaste detrás de las orejas con tus dedos. Estabas embelesada mirando a las cebras. Me acerqué un poco más, lo suficiente como para ver tu rostro. Lo vi, brillando como el sol. Entonces supe que querría ver esa carita durante el resto de mi vida. No te preocupes. No importa si no tenemos hijos.

—Eres demasiado bueno conmigo —le dije.

—¿Por qué no te conviertes en maestra? ¿O tal vez podrías trabajar en un centro de cuido infantil?

—¿Te gusta enseñar? —pregunté.

—Me gustaba antes de que todo cambiara —respondió y bajando la voz agregó—. Ahora que tengo que enseñarles a los niños sobre los aspectos negativos de los Estados Unidos y la grandeza de la revolución, no tanto.

—Te pagan para que les mientas —le dije.

—Exactamente, pero al hacerlo, me parece que soy parte del problema —respondió.

—No tienes otra alternativa. Si dices lo que piensas, te pueden meter en la cárcel. Con todo lo que está sucediendo, tengo miedo. Algunos de nuestros amigos han sido ejecutados y muchos se han ido.

Se acercó a mí y me susurró al oído: —Ten cuidado. Alguien nos puede escuchar.

Asentí con la cabeza.

—Entremos. Tal vez Dios sabe lo que está haciendo —dije.

Tomás me tomó en brazos y me llevó a nuestra habitación, a pesar de que le rogué, a carcajadas, que me bajara. Dejó la puerta del balcón abierta para que entrara el aire fresco de la madrugada. Luego, en la tranquilidad de nuestro dormitorio, hicimos el amor con tanta pasión como la primera vez. Entonces me di cuenta de que, si lo tenía en mi vida, todo estaría bien.

Finalmente

Esa noche soñé con nuestro segundo encuentro en la Playa Santa María.

***

Tomás estaba allí con un grupo de amigos cuando intercambiamos miradas. Me fijé en su delgado bigote y en sus ojos marrones. Aunque era demasiado delgado para mi gusto, me llamó la atención. Ellos miraban a unas muchachas que tomaban el sol en la blanca arena, pero desde el momento en que me vio, nadie más pareció importarle. Me siguió con la mirada y, cuando le sonreí, me saludó con la mano.

Al ver que me alejaba, corrió detrás de mí.

—¿Cómo te llamas? ¿No te había visto antes en el zoológico?

Hice un gesto afirmativo con la cabeza.

—Eres la muchacha más bella que he visto en mi vida, ¿sabes?

—Deja de burlarte de mí. Se lo dices a todas las mujeres que conoces. Además, no soy bonita.

—Y aparte de ser bella, eres humilde. No puedo dejar que te me escapes esta vez sin saber dónde vives. Mi nombre es Tomás y vivo en Marianao. Me gradué de la Universidad de La Habana.

Sonreí y enderecé mi sombrero de ala ancha.

—Bueno, es muy agradable conocerte, Tomás.

—Hasta la forma en que te mueves me deja sin aliento. ¿Cómo lo haces?

Empecé a reírme.

—Deja de hacerme reír. Me muevo como cualquier otra persona.

—No, no es así. ¡Tienes tanta gracia y elegancia! Entonces, ¿cómo te llamas? ¿Dónde vives?

—Mi nombre es Maritza. Vivo en Santos Suárez.

Sus ojos se iluminaron.

—Eso explica mi atracción instantánea hacia ti. ¿Sabes lo que significa tu nombre?

—Entonces, ¿también sabes el significado de los nombres?

—Sé el significado del tuyo.

—¿Por qué?

—Mi mamá consideró llamar así a mi hermana, pero a último minuto, cambió de opinión, porque era el nombre de una de las ex novias de mi padre.

—Ahora, estoy intrigada. ¿Qué significa?

—Estrella del mar.

—Muy interesante. Bueno, fue agradable conocerte, pero necesito irme.

—¿Puedes darme tu dirección?

—¿Y la recordarás?

—Tengo buena memoria.

Se la di, pero antes de irse, me rodeó con el brazo y me besó en los labios. Lo dejé al principio, dejándome llevar a otro lugar por el placer que sentía. Luego, di un paso atrás y le di una suave bofetada en el rostro.

—¿Cómo te atreves? —pregunté de manera poco convincente.

—Pido disculpas, pero no pude evitarlo. Nunca he hecho esto. No sé qué pasó. Déjame visitarte y te prometo que no volveré a hacerlo, a menos que me lo permitas. Sin embargo, debo confesarte algo, por si no me permites volver a besarte. Nunca olvidaré esos labios.

Rodé los ojos hacia arriba y traté de detener mi risa coqueta.

—Vete ya, antes de que me arrepienta de haberte dado mi dirección.

Comenzó a alejarse. Me quedé allí mirándolo. Se volvió un par de veces y me sonrió. Luego, hizo un pequeño baile de victoria cuando estaba cerca de la orilla.

Finalmente

Al día siguiente, se presentó en mi casa, donde vivía con una tía.

El noviazgo no duró mucho, ya que la atracción era mutua y acepté su propuesta de matrimonio tres meses después de que nos conocimos. Era como si cada uno de nosotros hubiera encontrado la pieza que faltaba en el rompecabezas de su vida.

***

Al día siguiente de mi conversación con Tomás en el balcón, comencé a buscar otro trabajo. No quería enseñar con la situación actual. Tal vez una guardería me permitiría satisfacer mi necesidad de criar a un niño. Y así, aparte de mi costura, comencé una nueva posición cuidando a los hijos de otros.

Me mantenía tan ocupada entre mi trabajo y la costura que no tenía mucho tiempo para pensar en mi situación.

Unas semanas después de comenzar mi nuevo trabajo, cuando mi período no llegó, no me preocupé. Entonces, comencé a notar cambios en mi cuerpo. No había modificado mi dieta. De hecho, estaba comiendo menos de lo habitual y me mantenía más ocupada; sin embargo, mi vientre parecía más lleno. Una visita al médico confirmó mi sospecha. Estaba embarazada. Estaba tan feliz que le di un abrazo al médico, lo que lo hizo reír.

Después de salir de la clínica, corrí a casa, ansiosa por decírselo a Tomás. En dos horas más llegaría del trabajo. Hice una cena rápida. Nada lujoso. No es que pudiera hacer algo extravagante si quisiera. Comíamos chícharos a menudo, una de las pocas comidas que no escaseaba. A veces, hacía pollo con papas, siempre con muchas más papas que pollo, para que lo poco que nos permitían comprar en la libreta de abastecimiento nos durara más tiempo.

Hoy, sin embargo, el poco pollo que nos quedaba estaba congelado dentro de la bola de hielo del congelador del viejo refrigerador. Acumulaba tanto hielo que a veces tenía que calentar agua y echarla dentro para derretirlo.

Celebraríamos con arroz blanco, huevo y plátanos fritos.

Terminé el arroz y los plátanos y lavé la ropa sucia a mano en un viejo fregadero ubicado entre la cocina y el baño. Usé una tabla de lavar de madera con varias filas de hendiduras. Después de aplicarle el jabón a la ropa, las froté contra la tabla con ambas manos. Luego de exprimirla a mano, la llevé al techo para colgarla en la tendedera. Por lo general, si el día estaba soleado, la ropa se secaba en dos o tres horas.

Me gustaba pararme en la azotea, mirar hacia la calle y contemplar la ciudad. A veces se sentía más fresco en la azotea, especialmente por la mañana, antes de que el sol horneara todas las superficies. La risa de los niños, los gritos de los padres llamando a sus hijos, el sonido de los pocos automóviles que pasaban, el ladrido de los perros y el canto de las aves se mezclaban con el viento para convertirse en el canto sublime de la ciudad.

Momentos después de que regresara al apartamento, Tomás llegó a casa con una hermosa magnolia en la mano. La había recogido de un árbol que vio por el camino.

—Una flor para otra flor —dijo mientras enmarcaba mi rostro con sus manos. Besó mis labios y lo abracé con fuerza. Olía a sudor y al aire de la calle.

—Esperaré a que te bañes antes de servirte la cena y darte las buenas noticias.

—¿Qué noticias?

—Algo por lo que estarás muy feliz. Pero no, no te digo nada hasta que te bañes.

Finalmente

—¡Chica, pero no seas tan mala! Llego a casa de trabajar todo el día y mira cómo me tratas. Dímelo ahora.

—Bien. Pues te lo diré. En unos seis meses, necesitarás tener todo listo en el dormitorio de huéspedes porque... ¡vas a ser papá!

Le acaricié el rostro mientras decía esto.

—¿Puedes repetir eso de nuevo? —dijo estupefacto.

—¡Vamos a tener un bebé! —grité y sonreí como no lo había hecho en mucho tiempo.

—Pero ¿cómo? Pensé que no podías.

—Sucedió. ¡No sé cómo, pero pasó!

—¿Estás segura?

—¡Lo estoy!

Sus ojos se llenaron de lágrimas y antes de que pudiera evitarlo, comenzó a reírse y a llorar al mismo tiempo. Luego me acarició el vientre.

—¡Un hijo, por fin! —dijo.

—O una hija.

—Cualquiera de los dos me hará el hombre más feliz del mundo.

—Y ya pensé en su nombre. Espero que te gusten.

—¿Ya?

—¡Sí! Si es un niño, llevará tu nombre. Si es una niña, su nombre será Polina.

—¿Polina? ¿Un nombre ruso?

—No hay nada de malo con un nombre extranjero. Tienes un amigo que nombró a su hijo Iván y otro que nombró a su hija Lissette.

—¿Por qué Polina?

—Concha, nuestra vecina mexicana, dice que «Polina» significa «soleado», aunque también tiene otros significados. Algunos dicen que es de origen griego y que se deriva del nombre del dios Apolo. Era el dios de la sabiduría, la música, el arte y la profecía. Hoy prometí que, si Dios me da la bendición de un embarazo exitoso, amaré a esta niña con todo mi corazón y haré cualquier cosa por ella.

Volvió a besar mis labios.

—Eres una mujer increíble —dijo. Luego, tocándose la barriga, agregó: —Ahora tengo hambre, pero primero necesito bañarme. ¡Estoy ansioso por verle la cara a mi mamá cuando se entere!

Capítulo 11
Andrea

Adiós

Mamá decía que la vida era un baile; mientras más se vive, más se aprende. A los dieciséis años, no había vivido lo suficiente como para darme cuenta de lo mucho que cambiaría mi vida por haber quedado embarazada. Sin embargo, la posibilidad de un embarazo nunca pasó por mi mente en aquel momento de miedo, pasión y felicidad. Ahora, tendría que vivir con las consecuencias de mis acciones.

Cuando papá escuchó la noticia, prohibió que Mario me visitara.

—¡No puedes hacer eso! —protestó mi madre.

—Mientras ella viva en mi casa, tiene que seguir mis reglas —gritó golpeando la mesa del comedor.

—¡Es una mujer casada!

—No. Es una niña casada. Gran diferencia. Y la trataré como tal.

Desde mi habitación sin ventanas, escondida bajo una sábana, escuchaba como papá le gritaba a mamá, algo poco característico de él.

—¡Todo esto es tu culpa! La mimas demasiado y ella piensa que puede hacer lo que le dé la gana. Todo el dinero que gasté en una buena educación católica fue por gusto. Tan bravo como yo estaba cuando el gobierno cerró las escuelas religiosas y obligó a todos a ingresar en las escuelas públicas y ahora me alegro. Total. Pero, ahora, ni siquiera puede ir a la escuela pública gracias a su indiscreción.

Mamá había llorado mucho cuando cerraron mi escuela católica, luego de que el 6 de junio de 1961 Fidel

Castro promulgara una nueva ley que conllevó la nacionalización de todas las escuelas religiosas. Tres meses después, dos oficiales armados llegaron por la noche a una iglesia en Coliseo, Matanzas y se llevaron a un joven sacerdote cuyo nombre era Agustín Román. El sacerdote, bajo la impresión de que pronto regresaría a la iglesia, solo agarró su libro de oraciones. Los funcionarios lo llevaron a la prisión. Por la mañana, Agustín fue conducido al puerto de La Habana y obligado a embarcar en un crucero español, el Covadonga, junto con más de 100 sacerdotes. Nunca volvería a ver su iglesia.

Cuando el gobierno obligó a Agustín Román a irse del país, yo ya estaba asistiendo a la escuela pública. Mamá no podía entender qué amenaza podría representar la educación religiosa para el nuevo gobierno.

—¿Cómo puedes decir eso? —dijo Mamá cuando mi padre le sugirió que estaba contento con el cierre de las escuelas religiosas—. Le enseñaron bien. Ella es respetuosa y educada. Si ve a una persona mayor cargando bolsas pesadas, le ayuda. Se preocupa mucho por los demás. Entiendo que cometió un error. Los dos fuimos jóvenes una vez. ¿Lo has olvidado?

Me sentía culpable de que mis acciones hubieran provocado otra discusión entre mis padres.

De pronto, halé la sabana, dejando mis ojos descubiertos. Examiné mi habitación de paredes rosadas. Las muñecas sobre mi tocador me traían recuerdos de cumpleaños especiales pasados y de una infancia que ya había quedado atrás. Junto a él, estaba el espejo ovalado, mi peor crítico durante mis años de infancia. Muchas veces, ese espejo había logrado destruir mi autoestima, mientras que otras, como cuando mis padres me compraban un vestido nuevo, me mostraba que tal vez Dios me había bendecido con algo de belleza y gracia.

Pensé en Mario y en la noche en que nos conocimos en el baile. Entonces, mis pensamientos me llevaron al día en que me convirtió en su mujer. Pronto se iría de Cuba. Debía verlo antes de que se fuera. Pero ahora que me habían sacado de la escuela, ¿cómo lo lograría?

Después de la acalorada discusión, mamá concluyó que necesitaba darle tiempo a mi padre, así que cuando él no estaba en el trabajo, me quedaba en mi habitación el mayor tiempo posible. Cuando nos sentábamos juntos a desayunar, él me ignoraba y parecía mortificado de estar ante mí. Eso me hacía sentir peor que si me gritara. Le hacía preguntas sobre temas que disfrutaba, como la historia.

—No estoy de humor —respondía.

Después de dos semanas, como él todavía me ignoraba, mamá se dio cuenta de que tendríamos que, a escondidas de papá, organizar una reunión con Mario antes de que él y sus padres se fueran de Cuba.

Como siempre, se le ocurrió una idea.

—Necesito comprar la ropa de embarazo de nuestra hija —le dijo a mi padre dos días antes de la partida de Mario. Ella no le había dicho que ya me había comprado algo de ropa ni que planeaba llevarme a verlo a casa de su tía, el mismo lugar donde yo había perdido mi virginidad. Sus padres tuvieron que entregar las llaves de su casa a las autoridades después de que el gobierno realizara el inventario final de sus pertenencias. Quienes se iban no podían llevar sus pertenencias ni regalar su casa a un familiar. Solo podían llevar consigo unos pocos de artículos básicos incluidos en una lista muy específica.

Julio y Teresa, los padres de Mario, me trataron con más amabilidad de lo normal, incluso, como si me compadecieran.

—¿Cómo estás, cariño? —preguntó Teresa y me acarició el cabello.

—Estoy bien —le dije.

Un silencio incómodo siguió y entonces Teresa nos pidió que nos sentáramos en el sofá.

—Mamá —dijo Mario— Andrea y yo necesitamos hablar.

—Podríamos ir al comedor —sugirió su madre.

—No, quédense aquí. Estaremos en el portal.

Mario y yo dejamos a nuestros padres en la sala y salimos. La ventana de la sala que daba al portal estaba abierta, por lo que caminamos hacia el otro lado, donde podríamos tener más privacidad.

—Te he extrañado —dijo.

—Yo también a ti —respondí mirando hacia abajo.

—Ojalá pudiera quedarme aquí contigo, al menos hasta...

—Lo sé —le dije—. No te preocupes por mí. Me las arreglaré.

—Siento que no me vas a tener a tu lado cuando más me necesitas.

Me reí amargamente.

—Mami dijo que esto es parte de la adultez. A la vez, estoy pagando por mis pecados.

—Ambos cometimos un pecado, aunque, francamente, no lo fue. Estamos casados.

—Pero violé la promesa que les hice a mis padres, ahora debo pagar el precio de mis acciones. Deberíamos haber esperado.

—Los dos pagaremos el precio porque tendré que irme de Cuba sin ustedes. Sé que llevarás la mayor carga, pero para mí, el no poder tomarte de la mano cuando llegue el momento... He pensado en quedarme. Mis padres creen que debo hacer   este sacrificio por el bien de todos nosotros.

—Mamá está de acuerdo con eso. Ella quiere que me vaya en cuanto llegue el bebé.

Miramos a ambos lados de la calle para asegurarnos de que nadie estuviera escuchando.

—Pronto no podré salir de casa —le dije—. Mi condición será demasiado evidente.

—¿Tu mamá ha planeado todo?

—Sí, sabes como es.

—No sabes cuánto me duele dejarles a ti y a él —dijo, tocándome el vientre.

—O ella —añadí.

—Cierto. Todavía no sabemos si va a ser un varoncito o una niña. Solo sé que esto es lo más difícil que he hecho en mi vida. Nunca he amado a nadie tanto como a ti. Es difícil de describir. Pienso en ti de día y de noche.

—Sé lo que quieres decir. Duele físicamente cuando estamos separados. Estar enamorados nos produce una sensación que hasta ahora desconocíamos.

Hablamos de nuestros planes. También le conté sobre la reacción de mi padre ante la noticia de mi embarazo. Hablé la mayor parte del tiempo mientras él me observaba con ojos amorosos.

—Quiero grabar esta hermosa carita en mi memoria —dijo.

—No soy bonita —dije.

—Déjame ser el juez de eso.

Colocó sus brazos a mi alrededor y nos besamos. Momentos después, mamá salió al portal.

—Tenemos que irnos —dijo—. Tu padre está esperándonos. Mario, espero que tengas un buen viaje *mi'jo*.

—Gracias —respondió Mario.

—Bueno, despídete, Andrea —dijo mi madre.

Una vez más, Mario y yo nos abrazamos con fuerza y por mucho que traté de contener las lágrimas, mis emociones se deslizaron por mi rostro. Mamá nos miraba en silencio. Luego se secaron las lágrimas que le escaparon de los ojos.

—Te extrañaré —me dijo, con la voz quebrada—. Cuando llegue el bebé, dile que nos veremos pronto y que lo amo.

—Se lo diré. Yo también te extrañaré —le respondí.

En ese momento, sus padres salieron al portal. Me despedí de ellos con un abrazo y mamá y yo nos fuimos.

Mientras caminábamos hacia la piquera cercana para tomar un taxi de regreso a casa, me pregunté cuánto tiempo pasaría antes de poder reunirme con el padre del bebé que llevaba dentro de mí.

Capítulo 12
Maritza

Preparativos

La abuela de Tomás, Reimunda, llegó un sábado en un carro de alquiler. Traía una bolsa de tela repleta de artículos esenciales para bebés. El conductor, un joven de cabello negro y brillante, peinado hacia atrás, cargó una segunda bolsa, menos llena que la primera y la colocó en el suelo de baldosas frente a la puerta. Yo estaba abriéndola justo cuando Reimunda se volvió hacia el muchacho y le dijo: —Dios te bendiga, hijo. Eres un buen hombre.

—Es un placer —respondió con una sonrisa —. Siempre que me necesite, sabe dónde encontrarme. Dios la bendiga también.

El hombre dio la vuelta y se alejó.

—¿Qué está haciendo aquí sola, abuela Reimunda? —le pregunté agarrando ambas bolsas para llevarlas adentro, notando que una era mucho más pesada que la otra—. Por favor, entre. Iré a buscar a Tomás. Está matando un pollo para un arroz amarillo. Así que llegó a tiempo.

—¿Necesita mi ayuda?

Su pregunta me hizo reír. Entonces, escuché el aleteo del pollo.

—No, abuela. Siéntese. Ya ha trabajado lo suficiente a lo largo de su vida. Así que, ¿a qué le debemos el placer de su visita?

Ella se sentó en el sofá y yo en un sillón frente a ella. Luego, metió la mano en una de las bolsas y me entregó una lata de pintura.

—Quiero asegurarme de que el bebé tenga todo lo que necesita. Solo te quedan cuatro meses. Hay que darse prisa. La última vez que estuve aquí, vi que el cuarto del bebé necesitaba pintar. Me tomó un tiempo encontrarla. Espero que sea suficiente para todas las paredes.

No me molesté en aclarar que no sabíamos si estaba teniendo un niño o una niña.

—Un gesto muy bonito de su parte —le dije, pensando que la pintura no alcanzaría para el cuartico entero—. Muchas gracias.

Tenía razón. No quedaba mucho tiempo. Había estado contando los días, viendo crecer mi vientre, preguntándome si alguna vez sería madre. Comencé a preocuparme por el bebé desde el momento en que el feto empezó a crecer dentro de mí. ¿Era esto el significado de ser madre, temer siempre por el bienestar de un hijo?

A estas alturas, los sonidos que provenían de la parte trasera del apartamento se habían extinguido.

—Ahora entiendo por qué una de las bolsas era tan pesada —le dije.

—Bueno, la segunda bolsa tiene ropa para el bebé. Algunas pertenecían a tu marido y otras a una mujer que se iba de Cuba. Ya sabes cómo son las cosas. No te dejan llevar mucho, así que antes de que vinieran a hacer el inventario, ella me vendió la ropa de bebé y le dio el dinero de la venta a su madre. Pagué una fracción del costo de la ropa.

—No debería haber hecho todo esto. Es mucho dinero.

—¿Vas a empezar con eso también? Mi hijo me pidió que dejara de gastar tanto dinero en el bebé. Me advirtió que no viniera aquí sola. Se olvida de quién soy. Nadie me puede controlar. ¿Qué quiere que haga? ¿Esperar a que la muerte me lleve? ¡No! ¡De eso nada! Quiero ver crecer a ese bebé tuyo.

Me tocó el vientre.

—Y yo también quiero que lo vea crecer, Reimunda —le dije.

—Bueno, empieza a sacar todo de esta bolsa, para que puedas ver lo que te traje.

—¿Puedo traerle un poco de café primero?

—Eso, no lo rechazaré. Puedo vivir del café. Es más, tráeme dos tacitas.

—Lo haré, pero abuela, debe tener cuidado con el café y su presión.

Agitó la mano desdeñosamente y comenzó a vaciar las bolsas.

—Ve a buscarme el café mientras saco las cosas.

Obedecí. Momentos después, regresé con dos tazas de café humeantes, acompañada de Tomás. Saludó a su abuela con un abrazo.

—¿Te lavaste las manos? —le preguntó Reimunda.

Tomás dejo escapar una carcajada.

—Por supuesto, abuela.

—¿Está el pollo muerto y desplumado?

—Lo está.

—Bueno, siéntate, para que puedas ver lo que le traje a tu bebé.

Ahora, las bolsas estaban vacías y toda la ropa y los suministros para bebés, esparcidos por todo el sofá. Agarró uno de los artículos y lo exhibió ante nosotros, como lo haría una vendedora.

—Este conjunto amarillo es de España. Bonito, ¿no?

Me entregó un atuendo de bebé hecho de tela de punto, unas boticas diminutas y un sombrerito.

—¡Es tan hermoso!

—¡Pero eso no es todo!

Agarró unos pañales de tela. Conté seis, junto con los alfileres para mantenerlos en su lugar. Coloqué los artículos que me había dado sobre la mesa de centro. Entonces me dio un frasco de «Agua de Violetas».

—Todos los bebés de la familia crecieron usando este tipo de colonia —dijo—. También te traje unos biberones de cristal, aunque me imagino que amamantarás al bebé durante el primer año. La leche materna es la mejor. Los hace fuertes y saludables.

Sonreí. —Tendré que confiar en su experiencia, ya que nunca he tenido un bebé.

—Sé todo sobre la crianza de bebés sanos. No creas que mi hija crió a Tomás. Estuve allí en cada paso del camino. ¡Y míralo! Crié a Luis y a Claudia también, los hermanos de Tomás, a pesar de que sus padres quieran adjudicarse el crédito. Y salieron muy buenos muchachos.

Tomás se sentó a mi lado y sonrió.

—Hiciste un gran trabajo, abuela. Es todo ese ajiaco que nos hiciste cuando éramos pequeños. Todavía me gusta, mezclado de la manera en nos los dabas.

—Ese es el alimento más nutritivo para los bebés. Pero ahora es muy difícil encontrar los ingredientes necesarios. Yo le echo malanga, papas, yuca, boniato, plátanos verdes, zanahorias y algo de carne de res o de pollo. Luego, le agrego mi sofrito secreto y no hay nada mejor.

—Estoy de acuerdo. Haces el mejor ajiaco del mundo, pero no se lo digas a mami porque se pone brava.

—A mí no me importa que se ponga brava —inhaló profundamente y se frotó el rostro arrugado con sus manos artríticas—. Lo único que sé es que esta isla se está convirtiendo en un fantasma de lo que fue. Tampoco me gustan todas las tensiones entre Cuba y los Estados Unidos. Y ahora este bloqueo... ¿Sabes eso?

—Sí, abuela, lo sé. No puedo decir esto fuera de casa, pero ¿los culpas? Las propiedades de los norteamericanos fueron confiscadas por este gobierno. Si hubieras trabajado duro para salir adelante y alguien te lo quita todo por la fuerza, no estarías muy contenta.

—Lo sé. Puede que no sea educada como tú, pero entiendo las cosas. Recuerdo cuando Castro dijo que no era comunista debido al daño que el comunismo causaba. Luego se alió con la Unión Soviética. Algunos dicen que fue por la invasión de la bahía de Cochinos. Pero creo que el tema es mucho más complicado.

—Ahora que han probado el poder, van a hacer todo lo posible por conservarlo. Por eso se han aliado con los soviéticos —dijo Tomás.

—Pero nadie hace nada gratis por nadie. Habrá un precio que pagar por lo que sea que los soviéticos hagan por Cuba —respondió Reimunda.

—Por supuesto. Por lo tensas que están las relaciones entre Cuba y los Estados Unidos, la Unión Soviética entiende que no hay mejor momento para apoyar a Cuba.

—¿Ustedes dos van a seguir hablando de política? —pregunté.

—Solo puedo hablar con Tomás de estas cosas. Nos entendemos. Todos los demás me dicen que guarde mis pensamientos para mí misma. Dicen que he perdido la razón, pero entiendo muy bien lo que está pasando.

—No es eso, abuela. No quieren que te metas en problemas por decir lo que piensas. Pueden meterte en la cárcel por hablar en contra del gobierno.

—¿Y crees que le van a hacer algo a una anciana por decir lo que piensa?

—¿Quién los detendría? La familia solo está tratando de protegerte, abuela. Eso es todo.

—Bueno, ustedes dos pueden seguir hablando de política. Voy a la cocina a empezar a preparar el pollo con arroz amarillo. Mantengan la voz baja para que ni los chismosos ni los delatores escuchen. Ahora, con un bebé en camino, hay que tener más cuidado. Antes de irme, Tomás,

¿viste todas las bellas cositas que tu abuelita nos trajo para el bebé?

Por un momento, los ojos de Tomás se centraron en los artículos que Reimunda nos había traído.

—Esto es demasiado, abuela —dijo Tomás. Ella lo miró con una mirada penetrante.

—Me dejas decidir a mí qué es demasiado y qué no.

Le di a Reimunda un abrazo y un beso en la mejilla.

—Gracias por todo. Iré a hacer la comida.

—No te olvides de agregarle un poco de comino y una cerveza Cristal, si tienes alguna, al arroz —me recordó.

—No lo olvidaré.

Dejé a Tomás con su abuela en la sala y me fui a la cocina. Aproximadamente una hora después, Claudia, la hermana de Tomás, nos visitó de camino al trabajo. Ella era enfermera, comadrona y partera que trabajaba en el Hospital de la Covadonga. Luego de hablar por un rato con mi esposo y Reimunda, le pedí que viniera conmigo a la cocina para conversar mientras yo preparaba la cena.

—Llegaste aquí justo a tiempo —le dije.

—No estoy aquí para comer. Sé lo importante que es este bebé para ti y para mi hermano. Solo quería saber si estabas bien y si necesitabas algo.

—Gracias por venir, Claudia. Si Dios quiere, muy pronto, verás a un pequeño corriendo por toda la casa.

Me detuve por un momento, notando su uniforme blanco. Ella era cinco años mayor que Tomás y siempre se preocupaba mucho por él.

—Entonces, ¿cómo están las cosas en el hospital? —le pregunté.

—Ocupada, como de costumbre. Afortunadamente, no trabajo en la sala de emergencias. Me gusta trabajar con bebés y sus madres, aunque nunca lo seré.

Preparativos

—¡No digas eso! Los milagros suceden —hice una pausa y luego, bajando la voz, agregué: —¿Probaste con la mujer de al lado...?

Coloqué el dedo índice, verticalmente, contra mis labios y señalé hacia la sala.

—Ay no. Sé que crees en esas cosas —dijo—. Sin embargo, yo creo en la ciencia. Soy muy pragmática. Créeme. No va a suceder, pero está bien. Ya sabes lo que dicen. Si Dios no te da hijos, el diablo te dará sobrinos.

—Sé que serás una tía fantástica, aunque tal vez también logres ser mamá.

—Ya ni pensar en eso. Mi primer matrimonio fracasó. Desde entonces, he tenido un novio tras otro... No tengo estabilidad en mi vida, aparte de mi trabajo, mi hermano y mis padres. Incluso, Luis decidió dejar a su familia para irse a los Estados Unidos. Seré una buena tía para tu bebé; tal vez, ese sea mi propósito en la vida.

Respiré hondo y me acaricié el vientre.

—Me preocupo mucho por este bebé —le dije.

—No deberías. Estaré contigo en cada paso de este proceso. Confía en mí. Tú y mi hermano tienen un hermoso hijo y yo tendré la bendición de ser su tía. Relájate. Toda esa preocupación puede dañar al bebé.

—Tomás tiene mucho miedo debido a la tensión entre este país y los Estados Unidos, especialmente ahora que Fidel se ha aliado con la Unión Soviética.

—Y... como Cuba tiene una excelente posición estratégica... Estoy de acuerdo con mi hermano. No me gusta cómo evoluciona nuestra situación política. Sin embargo, no hay nada que podamos hacer al respecto. Entonces, ¿por qué permitir que consuma nuestras vidas?

—Tienes razón —le dije—. Nuestra preocupación debería ser encontrar los alimentos que necesitamos. Las raciones siguen haciéndose más pequeñas. Al menos, Tomás ha podido encontrar algunos productos en el mercado negro. Quiere que coma alimentos nutritivos.

Nos quedamos en la cocina un poco más. Al igual que nosotros, ella había recibido una carta de Luis. Estaba bien.

—Mis padres lo extrañan mucho —dijo—. Pero les dije que tomó la decisión correcta. Deberían sentirse felices por él.

La escuché mientras hablaba de sus padres y aunque quería mantenerme positiva, no podía. Era difícil conocer lo que de verdad estaba sucediendo debido al control del gobierno sobre todos los medios de comunicación. Con un solo partido, habíamos perdido la capacidad de elegir. Mirar hacia el otro lado y permanecer en silencio se había convertido en parte de nuestra nueva realidad.

Un mundo aterrador le esperaba a mi hijo.

Capítulo 13
Andrea

Mi hija

No estaba preparada para ser madre dos semanas antes de cumplir los diecisiete años, pero allí estaba, sola, gritando del dolor en medio de la madrugada, sintiendo como si mi cuerpo estuviera siendo destrozado. ¿Cómo podía desear nunca haber puesto mis ojos en Mario y, a la vez, extrañarlo tanto?

Era el 15 de septiembre de 1962. La noche anterior, cuando se me rompió la fuente del agua, mis padres no estaban en casa. Mamá me había preparado para esa posibilidad. Aunque al principio me asusté al ver tanto líquido saliendo de mí, agarré unas toallas que ella había dejado junto a la mesa de noche y limpié el piso lo mejor que pude.

Ella me advirtió que, si la fuente se me rompía, debía llegar al hospital lo antes posible. Entonces, me cambié rápidamente, me puse un vestido y, sobre él, la chaqueta grande que usé las pocas veces que salí de la casa. Luego fui al apartamento de Rogelio, un anciano que vivía a dos casas de la nuestra, y le pedí que me llevara al hospital.

—¿Está todo bien? —preguntó el hombre delgado y arrugado, de cabello blanco.

—No me siento bien. Me duele mucho el estómago y tengo frío.

Se apresuró a agarrar las llaves.

—¿Quieres un vaso de agua con bicarbonato? —dijo.

—¡No! —Necesito ir al hospital —le grité—, solo para pedirle perdón por mi reacción posteriormente.

Mi hija

Se encogió de hombros y salimos de su pequeño apartamento. Cuando estábamos sentados en el carro, me miró por el espejo retrovisor y me preguntó —¿Dónde están tus padres?

No le expliqué que habían ido a recoger una cuna para mi bebé. En cambio, respondí: —Fueron a visitar a una tía enferma.

—Me sorprende que no te hayan llevado con ellos y que te hayan dejado sola.

—No quise ir.

—Entiendo. Una vez fui adolescente.

Mis padres no habían hecho muchos preparativos para el nacimiento del bebé. Después de todo, el gobierno solo se nos permitiría sacar de Cuba algunas pertenencias personales. Mamá había creado un moisés con una vieja cesta de madera, amortiguándola con el relleno de viejas almohadas y decorándola con encaje amarillo.

Desde el interior del viejo Chevrolet, que olía a combustible, vi pasar la ciudad adormecida, mientras el miedo comenzaba a apoderarse de mí. Comencé a temblar y mis manos se me enfrían. La adultez no era lo que esperaba. Recordé las palabras de mi padre: «Debemos asumir la responsabilidad por nuestras acciones».

Entonces, respiré hondo y me dije a mí misma que podía hacer esto, que Dios no me daría una prueba que no pudiera soportar. Tenía que ser fuerte y dar a luz a este niño, sola.

Después que el vecino me dejó en la entrada del hospital, no tuve mucho tiempo para sentir lástima por mí misma porque comenzaron las contracciones. Poco después, una enfermera me llevó a una habitación que olía a antiséptico. Aquí aprendería el concepto de dolor intenso del parto, a medida que aumentaba la frecuencia de las contracciones. Entre ellas, le pregunté a la enfermera: —¿Dónde está el médico?

—Tuvo una emergencia. Esta noche tenemos muy poco personal. Lo siento.

La enfermera me pidió que me mantuviera al tanto del tiempo que transcurría entre contracciones, mientras entraba de vez en cuando para que yo se lo reportara. En una ocasión, le tomó más tiempo regresar. Cuando al fin llegó y me vio con un dolor agonizante, gritó: —¡Este bebé ya viene! ¡Empuja cuando te lo diga!

Seguí sus instrucciones. Empujé, pero la angustia y el dolor que experimentaba eran inmensos. Pero, en cuanto sentí que mi bebé comenzaba a descender, ya no pensaba en el dolor. Lo más importante para mí era dar a luz. Por lo tanto, seguí empujando y gritando hasta que la maravilla del nacimiento me dejó sin energías y completamente agotada.

Cuando escuché a mi bebé llorar y la enfermera anunció: —¡Es una niña! —mis ojos se llenaron de lágrimas. Quería abrazarla y estaba a punto de decírselo, cuando la enfermera colocó al bebé en una pequeña cama, corrió hacia mí y gritó:

—¡Sigue empujando! ¡Aquí viene otro bebé!

—¿Qué? —grité.

Mi corazón comenzó a latir más rápido. No entendí. Hasta ese momento, no se había mencionado a un segundo hijo. Escuché a la enfermera pidiéndome que empujara, pero mi mente voló a otra parte por un tiempo. ¡Esto no podía estar sucediendo! Dos bebés complicarían las cosas. Ni siquiera estábamos preparados para uno. Solo tenía un moisés y una cuna. ¿Dónde encontraríamos lo necesario para el segundo bebé? ¿Y cómo dejaría Cuba y comenzaría una vida en los Estados Unidos con dos bebés? ¿Con qué medios? Comencé a temblar de nuevo, mientras la enfermera seguía pidiéndome que empujara. Obedecí.

Por fin, escuché llorar al segundo bebé.

—Es otra niña —anunció la enfermera.

Giré la cabeza en su dirección, sin energías y sudorosa, pero mis ojos seguían cerrándose.

—¿Estás bien? —me preguntó.

—Estoy muy cansada.

—Déjame llevar a las bebés a la guardería para que puedas descansar. Puedes cargarlas después de recuperar tus fuerzas.

Asentí.

Poco después de que ella se fuera, me quedé dormida. Cuando volví a abrir los ojos, las bebés todavía no habían regresado. Sentía sed. Pensé en levantarme, pero me quedé quieta, esperando que alguien regresara. Perdí la noción del tiempo y de nuevo, me quedé dormida. Algún tiempo después, el leve llanto de un bebé me despertó.

Miré en la dirección del sonido y noté que la enfermera había regresado con solo una de mis hijas.

—¿Dónde está mi otra bebé? —le pregunté.

—Lo siento. Hicimos todo lo posible.

—¿Qué quiere decir?

—Tuvo un paro cardíaco —dijo—. No pudimos salvarla.

—No entiendo. ¡Estaba bien cuando se fue!

—Sucedió de repente. Lo siento.

—¡Pero nunca pude abrazarla, ni besarla!—grité. Miré hacia la pared frente a mí, sin comprender cómo podía sentir un vacío tan grande después de perder a una bebé que había conocido solo por unos segundos.

—¿Puedo verla?

—Mira. Es mejor esperar a que lleguen tus padres. ¿Te gustaría abrazar a tu otra hija?

Asentí con la cabeza y la enfermera se me acercó lentamente con la bebé en brazos. Me mostró cómo cargarla y no la soltó hasta que pareció convencida de que yo no la dejaría caer.

Mi hija

—Tengo sed —le dije.

—Te traeré un poco de agua —respondió y salió de la habitación.

Después de que ella se fue, acaricié a mi hija, preguntándome si también sentía la ausencia de su hermana.

—Extraño a tu hermanita, mi amor —dije con una voz infantil.

Ella me miró y frunció los labios. Besé los hoyuelos de sus mejillas. Se veía hermosa y perfecta, desde su cabecita llena de cabello oscuro hasta las manitas y los dedos, tan rosados y delicados. El calor de su cuerpo me consoló. Ella me había convertido en madre, pero yo no sabía cómo serlo.

Mamá me dijo que todas las mujeres nacimos con el instinto maternal en el interior. Tal vez, tenía razón. Quería proteger y cuidar de mi pequeña, pero ya le había fallado. Ojalá hubiese podido darle una hermana sana.

—Perdona que no pude darte una hermanita saludable —le dije—. Pero te prometo que no dejaré que nada ni nadie te lastime.

Ella respondió con sonidos de bebé que me hicieron sonreír.

La enfermera regresó momentos después con un vaso de agua. Lo bebí y le devolví el vaso vacío.

—¿Has pensado en su nombre? —preguntó.

—He pensado en algunos, pero ahora, ninguno de ellos tiene sentido.

—¿Puedo sugerir uno?

—Por supuesto.

—Ya que el sol está a punto de salir, tal vez podrías llamarla Alba.

—¿Alba? Eso suena tan hermoso. Gracias por ayudarme a nombrar a mi hija. Su nombre comenzará con la misma letra del mío. Eso me agrada.

—¿Cuándo vienen tus padres, cariño?

—Pensé que ya estarían aquí. Espero que pronto.

—¿Quieres que lleve a la bebé a la guardería? —preguntó.

Lo pensé. La última vez que salió de la habitación con mis bebés, regresó sin una de ellas, así que no quería arriesgarme.

—Me gustaría mantenerla aquí.

—¿Qué pasa si te quedas dormida?

—Me moveré hacia un lado y la mantendré a mi lado. Me aseguraré de que no le pase nada.

—Tengo que ayudar en otro parto. No te duermas hasta que regrese y me lleve a la bebé, ¿de acuerdo?

—No me dormiré. Gracias.

—Una vez más, siento mucho tu pérdida —dijo, esta vez sin mirarme a los ojos.

Después de que se fue, miré a mi hija con asombro.

—Alba, eres tan pequeñita y ya perdiste a una hermana —le dije—. Pero no te preocupes, pronto tus abuelos estarán aquí y nos harán sentir mejor.

Me preguntaba por mis padres. ¿Dónde estarían? ¿Por qué no habían regresado aún?

Unos minutos después de que la enfermera se hubo ido, finalmente llegó mamá. Me di cuenta de que todavía llevaba la misma ropa del día anterior: un par de pantalones blancos y una blusa de óvalos blancos y negros.

—¡Dios mío! Ya eres mamá. ¡Qué cosita tan preciosa! ¿Cómo están ustedes dos? ¡No puedo creer que esté llorando solo de verlas!

Colocó su brazo sobre nosotras dos.

—¿Niño o niña? —preguntó.

—Es una niña. Su nombre es Alba.

—¿Alba?

—Sí, la enfermera me ayudó a nombrarla. ¿Dónde está papá? ¿Por qué no está aquí?

—Es una larga historia.

Mi hija

—¿Conseguiste la cuna?

—Sí. La armará más tarde, cuando se sienta mejor. Lo dejé descansando.

—¿Qué quieres decir? ¿Qué pasó?

—Tuvo una noche difícil. Tuve que llamar al médico después de leer la nota en la que se indicaba que estabas de parto. ¿Qué le dijiste al vecino? ¿Le dijiste la verdad?

—Le dije que tenía dolor de estómago. Llevaba la chaqueta ancha para que no pudiera ver que estaba embarazada. También me coloqué muchas toallitas allá abajo... ya sabes.

—¿Sospechaba algo?

—Estaba oscuro. Es un anciano. No creo. Me quedé en el asiento trasero y no lo dejé entrar al hospital conmigo. Me dejó en la entrada.

—Tu padre quería venir al hospital, pero el médico le pidió que descansara. Ha estado tan preocupado que tu nota quedó mal. Ya no soportaba más.

—¿Qué dijo el médico?

—Le dio algunas pastillas para la ansiedad. Tu papá tiene mucho miedo por ti. Pero no te preocupes. Finalmente se durmió. ¿Y dónde está la enfermera? ¿Y el médico?

Le conté lo que había sucedido con el médico y lo de la nieta que había perdido. —¿Dos bebés? —preguntó—. Pero ¿cómo puede ser? ¿Cómo la dejaron morir?

—Nunca llegué a conocerla —contesté luchando contra las lágrimas.

—Lo siento mucho, mi amor.

Lloró conmigo. Después de un rato, me susurró al oído.

—Necesitamos sacarlas de este hospital. Come la comida que te traje, para que puedas recuperar tus fuerzas. Le pedí al médico que te diera algunas vitaminas. Las necesitarás. Nadie debe saber que tuviste esta bebé, ¿me escuchas?

—¿Qué pasa con la enfermera y el personal?

—Nadie aquí te conoce. Hablaré con ella cuando regrese. Los papeles deben mostrarme   como la madre de este bebé. No te preocupes. Yo me encargaré de todo.

—Mamá, quiero ver a mi otra hija. Me gustaría abrazarla.

Evadió mi mirada. En silencio, desempacó la comida que me había traído. Después de servirme un plato de arroz amarillo, pollo y plátanos, sostuvo a la bebé en brazos.

—Es mejor que no la veas —dijo mientras mecía suavemente a mi hija.

—¿Cómo puedes decir eso?

—Será demasiado doloroso y nunca borrarás esa visión de tu mente. No debes recordarla así.

—Mantuve a esa pequeña dentro de mí durante nueve meses. Tuvo una madre, aunque fuera solo por unos minutos. Necesito abrazarla y decirle que algún día, me reuniré con ella en el cielo. No quiero que tenga miedo.

—Hablaré con la enfermera.

—Gracias, mamá.

Cuando terminé de comer, ella dejó a la bebé conmigo y fue a hablar con la enfermera. Nunca llegué a ver a mi hija. Sospecho que mamá la vio, pero nunca me lo confirmó. Al día siguiente, temprano en la mañana, me dijo que ya se habían hecho los arreglos del entierro y que no tenía nada de qué preocuparme. También dijo que no podría ver a mi hija, dándome una excusa que ni siquiera ella creía. Sabía que estaba tratando de protegerme.

—Tu bebé es un angelito ahora —dijo—. Ella velará por su hermana y por ti desde el cielo.

Pensó que sus palabras me ayudarían. En cualquier otro momento, tal vez, pero la maternidad me había cambiado. Por primera vez en mi   vida, preferí el bienestar de otra persona sobre el mío. Y en ese momento, deseaba haber muerto y que mi bebé hubiera sobrevivido.

El 15 de septiembre de 1962, el día del cumpleaños de mi hija, sería por siempre, tanto el día de mi mayor alegría como el de mi mayor dolor. Igualmente, sería la fecha en que, por primera vez en mi vida, cuestioné a Dios.

¿Cómo pudo darme tanta alegría solo para quitármela de nuevo?

Capítulo 14
Maritza

Convirtiéndome en mamá

Mi hija, Polina, vino al mundo el sábado 15 de septiembre de 1962. Ese día, la inteligencia estadounidense descubrió misiles soviéticos de medio alcance en territorio cubano. Ese descubrimiento prepararía las condiciones para lo que ocurriría en octubre del mismo año.

Temía criar a la niña en aquellas condiciones, en un país sin libertad, con una economía declinante, donde el gobierno lo controlaba todo y bajo el creciente riesgo de un altercado nuclear entre dos naciones poderosas, con Cuba en medio de todo.

Polina fue una de las tres niñas nacidas aquella noche. Me comentaron que la otra madre tuvo gemelas. Estaba muy ansiosa por sostenerla en mis brazos, pero algo salió terriblemente mal. Mi niña no respiraba.

La hermana de Tomás, quien esa noche estaba trabajando, salió corriendo de la habitación con ella, dejando a Tomás abrazándome mientras yo lloraba por mi niña.

Las palabras de Claudia antes de salir de la habitación me dieron una pizca de esperanza.

—No te preocupes. Yo me encargaré de todo.

Después de un par de horas, Tomás me sugirió que durmiera un poco.

—Necesitas recuperar tu fortaleza. La niña te necesita.

Convirtiéndome en mamá

No dije nada al principio. Miré hacia afuera por la ventana, donde aparecían los primeros indicios del amanecer. Era un día fresco, a diferencia de los insoportables días de verano, cuando el calor cocinaba todas las superficies, con el alivio ocasional de la brisa del mar.

—Por favor, Dios mío y Virgencita de la Caridad, no me quiten a mi niña —imploré mientras Tomás me tomaba de la mano. Recordé mi visita a la santera. ¿Y si esto era un castigo de Dios, por participar en rituales que, según Reimunda, no eran de Dios sino del diablo?

No era que ella no creyera en la existencia de la santería, pero pensaba que era mejor dejar en paz esos rituales impíos.

Como si notara mi mirada vacía, Tomás me acarició el brazo.

—Mi hermana no permitirá que le pase nada —me dijo.

Claudia regresó sin la bebé una hora después.

—Dame unas horas más. Ella estará bien. Te lo prometo. Duerme ahora y tendrás a tu hija en tus brazos más tarde.

Miró a su hermano con una expresión seria y volvió a salir de la habitación.

—¿Ves? Todo está bien —dijo—. Duerme ahora, yo estaré aquí a tu lado.

—¿Por qué no te vas a casa por unas horas, para que te bañes y duermas? Necesitas descansar.

—No quiero dejarte sola.

—Si es cierto lo que dijo tu hermana, no hay necesidad de que los dos estemos aquí. Vete a   casa, descansa y luego ve a buscar a Reimunda y a tus padres.

—¿Prometes que intentarás dormir?

—Por supuesto.

Él sonrió y me besó en los labios; fue un beso suave y cálido que me llevó a la playa Santa María, al día en que por segunda vez lo vi y cuando por primera vez, me robó un beso.

Con estos pensamientos agradables en mi mente, me quedé dormida. Un par de horas después, desperté y encontré a Tomás sentado en una silla junto a mi cama.

—¿Regresaste a casa?

—Sí. Me bañé, dormí un rato y luego le pedí a un amigo que me llevara a Marianao. Todos están aquí esperando para conocer a la bebé.

—No debes haber dormido casi nada. Y Polina ¿está bien?

—Por supuesto. Mi hermana la cuidó muy bien. Queremos que se la presentes al resto de la familia.

Mis ojos se llenaron de lágrimas.

—Estoy muy contenta de que esté bien. Por favor, ve a buscarla.

—Hablaré con mi hermana. Tuvo que quedarse más tiempo porque tienen poco personal.

Mario salió de la habitación. Momentos después, Polina, mi hija, estaba en mis brazos, mientras la familia de Tomás la miraba con dulzura. Cada uno se turnó para cargarla, incluso, nuestra querida abuela Reimunda.

Ella no era como yo la imaginaba. Tenía la cabeza llena de cabello oscuro, muy diferente al mío cuando nací. Yo tenía tan poco pelo que mi padre me llamaba «pelusita».

En el momento en que la vi, supe que la amaría por el resto de mi vida. Sus mejillas rosadas, su cabello oscuro y su cuerpecito perfecto ejemplificaban la mano divina de Dios. A través de ella, había realizado mi sueño de ser madre y no había experimentado antes una mayor alegría.

Capítulo 15
Andrea

Dejándolo todo

—Andrea, ¿tienes todo listo? —preguntó mamá mientras me peinaba el pelo frente al espejo.

—Claro, mamá.

—¿Tienes la dirección donde te alojarás cuando llegues a Miami?

—Por supuesto.

—Por favor, no olvides llamarme a la casa del vecino cuando llegues. ¿Me escuchas?

—Lo haré, mamá.

Alba, quien se había estado durmiendo después de su última alimentación, comenzó a llorar.

—Iré a buscarla —le dije.

—Ya casi no queda tiempo —respondió mamá. —. No te preocupes. La cuidaré. La estás dejando en buenas manos.

—Déjame abrazarla por última vez.

Mamá me siguió con la mirada y miró hacia la losa del cuarto cuando tomé a Alba en mis brazos.

—Mi amor, ya es hora.

Me acerqué a mi hija y la tomé en mis brazos. Olía a agua de violetas, un aroma que me traía muchos recuerdos de mi infancia.

Solo habían pasado dos semanas desde que di a luz, pero ninguno de mis vecinos lo sabía. Todos los papeles mencionaban a mamá como la madre biológica de mi hija. Durante mi embarazo, cuando ella iba a la bodega, a la lechería o a la carnicería, llevaba una pelota de voleibol debajo de su ropa de maternidad. A medida que se acercaba mi noveno mes, doblamos una manta sobre su vientre y la adherimos a su cuerpo y a la pelota con cinta adhesiva. Cuando salía de casa vestida así, siempre temía que la cinta fallara y la pelota saltara de ella. Pero nunca sucedió.

Amamantar a mi hija había sido difícil, pero mamá me aseguraba que la leche materna la ayudaría a fortalecerse y le proporcionaría todos los nutrientes necesarios.

Después de que Alba viniera al mundo, sabía que tendría que irme de Cuba y dejarla atrás, al menos por un tiempo, pero no estaba lista.

—El vecino está aquí para llevarnos al aeropuerto —anunció mi padre al entrar en mi habitación—. Es hora.

Al escuchar sus palabras, sentí un nudo en la garganta. Era hora de dejar todo lo que conocía: mi recién nacida, mi hogar, el lugar donde había crecido, mis padres. Ninguno de mis primos ni de mis amigos vendría a despedirse. Mis padres pensaron que era mejor de esa manera.

Besé a mi hija en la frente y a mamá en la mejilla. Cuando mamá me abrazó, sentí que no era un abrazo como los demás. Me parecía tan definitivo... ¿Volvería a sentir su calor y aquel amor que le brotaba de los ojos cuando me miraba?

Tenía ganas de llorar, pero mi padre me había pedido que me mantuviera fuerte. Dijo que para mamá había sido demasiado difícil tomar primero la decisión de enviarme al extranjero. Me aseguró que algún día les agradecería a ambos por su decisión. Claro que nunca imaginaron que su hija de diecisiete años se haría madre tan pronto.

Cuando salí al portal, de camino al auto que nos esperaba, sentí que nunca volvería a ver este lugar.

Aquel día, 1.º de octubre de 1962, mientras las casas coloniales y los árboles de flores anaranjadas de mi vecindario desfilaban por mi ventana de camino al aeropuerto, me sequé las lágrimas con mi pañuelo de lino. Mi padre, quien estaba sentado a mi izquierda, me agarraba de la mano o me daba palmaditas en la espalda.

Cuando sus esfuerzos por calmarme fracasaron, susurró: —Nos volverás a ver pronto. Por favor, deja de llorar.

—¿Te vas de Cuba sola? —preguntó el conductor.

Miré a mi padre y él asintió.

—Así es —respondí.

Me quedé en silencio después de eso, todavía sintiendo el aroma de Alba en mi ropa y el vacío en mis brazos.

Cuando llegamos al aeropuerto, estaba lleno de niños: las niñas cargando muñecas y algunos varones, camioncitos. El mar de pañuelos blancos fue lo que más me impactó. La incertidumbre y el miedo recorrían el aeropuerto, mientras los padres se despedían de sus asustados hijos.

Muchos niños, como yo, formaron parte de la Operación Pedro Pan, un acuerdo de cooperación entre el Departamento de Estado de los Estados Unidos y las Caridades Católicas de Miami. Mis padres me inscribieron en este programa unos meses antes de que diera a luz. El programa otorgaba exenciones de visa a los niños cuyos padres querían sacarlos del país, temiendo perder los derechos parentales. El rumor en toda la isla era que Castro planeaba enviar a niños en edad escolar a campos de adoctrinamiento.

Entre diciembre de 1960 y octubre de 1962, más de 14.000 niños salieron de Cuba mediante el programa Pedro Pan. No sabía que sería una de las últimas en irme porque muy pronto un evento sin precedentes detendría el programa.

Cuando abracé a mi padre, él comenzó a llorar y yo con él.

Dejándolo todo

—No llores, coño —me recordó, ahogándose en sus lágrimas.

—Te quiero, papá.

Trató de hacer eco de mis palabras, pero todo lo que pudo fue abrazarme con fuerza. Podía sentir las contracciones reiteradas de su estómago y la respiración entrecortada.

Cuando entré en La Pecera, un área rodeada de cristales donde esperaban los pasajeros que se iban, mientras los angustiados familiares los miraban desde afuera, mis brazos, una vez más, se me hicieron vacíos. Necesitaba una distracción y pensar en otra cosa, así que miré a mi alrededor.

Fue allí donde vi a mi amigo David, a quien no había visto desde el día de la fiesta en casa de sus padres. Se veía diferente, con un bigote fino sobre los labios y más recuperado que la última vez que lo había visto. Quería acercarme a él y saludarlo. Pero entonces, me sentiría obligada a responder a sus preguntas. Así que no me moví. David estaba en el lado opuesto de la Pecera. Deseaba que no me viera ni me reconociera. Yo había ganado algunas libras durante mi embarazo y aún no había podido bajarlas.

La espera resultaba más difícil de lo que había anticipado. Era como un cuchillo desgarrándome por dentro, lentamente. Quería que el dolor terminara. Estaba ansiosa por que la puerta de la pasarela se abriera de una vez por todas.

No soportaba ver a los niños pequeños a mi alrededor. Los observaba abrazando sus juguetes, asustados y llorando. Algunos deben haber tenido seis o siete años. Quería consolarlos y decirles que todo estaría bien. Sin embargo, yo estaba congelada como ellos, intercambiando miradas con mi padre. No quería verlo desmoronarse frente a mis ojos. Nunca lloraba. En un momento dado llegué a pensar que no era capaz de llorar. Sin embargo, allí estaba, con el rostro enrojecido, abrumado por las emociones.

Si la puerta solo se abriera para dejarnos salir.

Quería que su dolor terminara para que la aceptación comenzara a reemplazarlo, así como el mío. Finalmente, se abrió.

Miré a mi padre por última vez, le tiré un beso y me dirigí al avión hacia una nueva vida.

Capítulo 16
Andrea

Miami

Por mucho que hubiese querido evitar encontrarme con mi amigo David, me vio en el Aeropuerto Internacional de Miami, mientras esperábamos junto al grupo de niños Pedro Pan. Un oficial nos había pedido que nos organizáramos en filas, separados por edad. David se encontraba en la línea junto a la mía.

—¿Andrea? —dijo con una sonrisa, como si estuviera contento de ver un rostro familiar.

Lo saludé con un abrazo y un beso en la mejilla.

—Te ves diferente —observó—. Más adulta.

—¡Y tú también! ¿Tu familia te está esperando en Miami?

—Estaré donde la iglesia me coloque por un tiempo hasta que pueda reunirme con mis familiares o con mis padres, quien pueda llevarme primero. ¿Tienes parientes aquí?

—Bueno, sí —dije con vacilación.

—¿Quién?

—Mi esposo Mario y su familia.

—¿Mario? ¿Te casaste con Mario? Él es   mayor que tú.

—Lo sé. Nos conocimos en tu fiesta y nos enamoramos. Increíble, ¿verdad?

—¡Me parece tan raro! Tú. Casada. Mis padres no lo sabían.

—Nadie lo supo. Era mejor de esa manera. Las cosas podrían haberse complicado más.

Temerosa de que David hablara con alguien al respecto, no le conté sobre el nacimiento de mi hija. Hacerlo podría haber puesto en peligro tanto a ella como a mis padres.

—Tal vez podremos vernos de nuevo, después de que mis padres lleguen aquí —sugirió.

—Me gustaría mucho —le dije, dándome cuenta, con tristeza y resignación, de que nuestro tiempo como amigos había pasado.

Al completar el proceso de llegadas internacionales, busqué el rostro de Mario entre la multitud.

Primero vi a su padre, Julio, y momentos después me fijé en Mario. Le comentaba algo a su madre y a un señor mayor que los acompañaba. Feliz de ver rostros conocidos, corrí hacia ellos. En el momento en que Mario me vio, corrió hacia mí, dejando a su familia atrás. Dejé caer mi equipaje y nos perdimos en un abrazo.

—¡Te extrañé tanto! —dijo, con la voz quebrada.

—Yo también —respondí abrumada por la emoción. Nos besamos y abrazamos durante mucho tiempo, hasta que sentimos la presencia de sus padres a nuestro lado, observándonos, junto a alguien que supuse que era su tío.

Todos se turnaron para darme la bienvenida con un abrazo y un beso en la mejilla.

—Entonces, ¿dónde está la bebé? ¡Estoy ansiosa por conocer a mi nieta! —preguntó su madre.

Confundida, miré a Mario.

—¿No se lo dijiste a tus padres?

—Lo siento, pero no lo hice —respondió   Mario.

—¿Decirme qué?

—La bebé tuvo que quedarse con mi mamá. Es una larga historia.

—¿Por qué no dijiste nada?

—Porque sabía que actuarías como estás actuando en este momento.

—Pero ¿cuándo saldrá de Cuba? Ella necesita a su madre, ¡por el amor de Dios!

—Vamos, este no es el lugar ni el momento —dijo Julio. Luego, volviéndose a mí recalcó:

—Estamos felices de que estés aquí. Estoy seguro de que tus padres cuidarán bien de Alba y que podremos verla pronto.

—Estoy de acuerdo contigo, Julio —dijo Leonardo, el tío de Mario—. Sabemos cómo están las cosas en Cuba. Lo importante es que Andrea está aquí. El resto se puede resolver con dinero y tiempo. Bienvenida, Andrea. Escuché tanto sobre ti que es como si te conociera. ¿Me dicen que eres una gran bailarina?

Sonreí.

—No tan buena como estos dos.

Mario y Julio me dieron una mirada inquisitiva.

—La maternidad te ha cambiado —dijo Julio —. ¿Recuerdas la primera vez que te conocí y actuabas como si fueras la mejor bailarina del universo?

Empecé a reírme.

—No fue así, Julio. Me está haciendo quedar mal.

—La humildad te asienta. Eso es todo —dijo.

Dirigiéndose a mí, Leonardo dijo:

—Bueno, vámonos a casa. Andrea, cuando desempaques, te llevaremos por la ciudad y luego a almorzar, si eso te viene bien, claro.

—Por supuesto.

—Pero, dime la verdad, ¿está bien la bebé? —preguntó Teresa, la esposa de Julio.

—Sí, claro que sí —respondí—. Mi mamá la adora. Sé que queda en buenas manos. Pero espero que salgan pronto de Cuba. Ya la extraño mucho.

Y así, comencé mi nueva vida en Miami, cerca de la calle Ocho, un área del suroeste donde los cubanos habían comenzado a recrear fragmentos de la vida que habían dejado atrás.

Para entonces, Mario había comenzado a trabajar en *Burdines*, un edificio de varios pisos en el centro de la ciudad que se convirtió en el eje de la actividad urbana. La gente podía reunirse y comer allí, ver desfiles de moda y comprar. Todos los adultos de la familia tenían trabajo, excepto yo. Como Mario les había prometido a mis padres, me inscribió en la escuela y comencé a mejorar mi inglés.

Pensé que sería cuestión de meses antes de que mis padres y mi hija pudieran salir de Cuba. Sin embargo, la vida no siempre es como esperamos. Poco después de mi partida, Cuba se convirtió en el epicentro de lo que se conoció como la Crisis de Octubre.

El presidente soviético, Nikita Khrushchev, no pensó que el gobierno de los Estados Unidos impediría la instalación de misiles balísticos en Cuba. De haber sido detonados, podrían haber destruido una gran parte de la sección oriental de los Estados Unidos en pocos minutos. Dos aviones   espía los descubrieron y esto marcó el inicio de un período de trece días en los que el mundo   estuvo lo más cerca que jamás ha estado de sufrir una guerra nuclear.

El 22 de octubre, Kennedy se dirigió a la nación y le habló del descubrimiento de los misiles y de su plan para iniciar un bloqueo de la isla. Durante varias noches no pude dormir, pensando en mi hija y mis padres. Me despertaba en plena madrugada, sudando y temblando.

—Todo va a estar bien —me decía Mario y me abrazaba hasta que me quedaba dormida.

Hubo múltiples comunicaciones entre los dos líderes de las superpotencias y finalmente, el 28 de octubre, los soviéticos acordaron retirar los misiles a cambio de la promesa de que Estados Unidos nunca invadiría Cuba.

Alguien dijo una vez: —La vida es lo que te sucede mientras estás ocupado haciendo otros planes.

Leí que estas palabras fueron escritas por primera vez por Allen Saunders en una edición de Reader's Digest en 1957. Y eso es exactamente lo que sucedió. Tenía la esperanza de sacar a mi hija de Cuba unos meses después de que me fui, pero pasaron muchos meses.

Me perdí sus primeras palabras y sus primeros pasos. Mamá tomaba algunas fotos y me las enviaba, pero eso no era suficiente para llenar el vacío que había dejado en mí.

Por fin, en 1965, recibí una llamada desde México. Mi madre me había dicho durante nuestra última comunicación que se iría de Cuba a través de Ciudad México, así que no me sorprendió el origen de la llamada.

—Sí, acepto los cargos —le dije al operador sin saber qué esperar.

—Andrea, mi amor. Estamos aquí, en México. ¡Tu espera ha terminado!

Traté de hablar, pero no salió nada; solo un estallido de emociones: lágrimas y alegría, mezcladas.

—¿Cuándo llegaste allí? —Finalmente logré decir.

—Hace un par de días. Estaremos en Miami para Navidad.

—¿Cómo están tú, papá y la bebé? ¿Tuviste un buen vuelo?

—¡Sí! Todos estamos bien. Alba se portó bien durante el vuelo, e incluso hizo algunos amigos.

—¡Dios mío! ¿Puedes ponerla en el teléfono?

Dijo que ya estaba dormida, así que seguí haciéndole preguntas interminables. Me contó   sobre el inventario de pertenencias que un funcionario del gobierno había realizado unas semanas   antes de su partida y, luego, nuevamente dos días antes de su vuelo, para confirmar que no faltaba nada. El gobierno se quedó con todo lo que tenían y solo pudieron sacar unas pocas pertenencias del país.

Mi cuerpo se sentía más ligero mientras escuchaba a mi madre hablar de sus planes de viaje. Reiteró que llegaría a Miami antes de Navidad. Ansiaba con todo mi ser abrazarlos de nuevo.

Capítulo 17
Andrea

Reunidos

Me había perdido más de tres años de su vida cuando la volví a ver en el Aeropuerto Internacional de Miami. De pie, esperando junto a Mario y su familia, mis manos se me humedecieron. No sabía qué esperar, ni cómo me comportaría. Seguí caminando y jugando con los dedos.

—¿Nerviosa? —me preguntó Mario.

—Sí —le dije.

Me dio unas palmaditas en la mano y sonrió, pero pude notar, por su inquietud, que compartía mi nerviosismo.

Nuestro tiempo juntos en Miami había sido tan feliz como podría haberlo sido dadas las circunstancias. Era un hombre de detalles: rosas rojas, una taza de café con leche de uno de los cafés de la calle Ocho, una *señorita* de una panadería cubana, paseos por *Miami Beach* para ver la puesta de sol... Siempre trataba de hacerme sentir amada y menos sola.

En este día, se veía muy guapo con su camisa azul de mangas largas y sus pantalones azul marino que había comprado en *Burdines*, el mismo lugar donde compré mi vestido blanco y negro y los cinco atuendos para mi hija que la esperaban en casa.

Yo tenía veinte años. Mario quería que tuviéramos otro hijo, pero estábamos muy ocupados. En la universidad, elegí un programa corto para ser higienista dental, con el propósito de ayudar con los gastos y ahorrar dinero.

No podíamos vivir con el tío de Mario para siempre. Eso puede ser más común en la Cuba actual, pero no en los Estados Unidos. Su tío lo entendió: —El que se casa, casa quiere.

Me preguntaba si mis padres y mi bebé me reconocerían. Estaba ansiosa por escuchar a Alba decir la palabra mamá. ¡Soñé tanto con ese momento!

Mientras estaba perdida en mis pensamientos, una voz femenina me interrumpió.

—¡Andrea!

La voz me parecía familiar.

Miré en la dirección desde la que provenía la voz. Allá, en la distancia, entre la multitud, vi sus rostros. Mamá se veía mucho más delgada con su vestido azul oscuro y su cinturón, y sostenía a la bebé en brazos. Mi hija parecía una muñeca con su vestido amarillo y su cabello ondulado de color marrón claro.

—¡Mamá! —grité y corrí hacia ellos.

Besé y abracé a mis padres. Entonces mi atención se volvió hacia Alba.

—¡Dios mío! ¡Qué linda estás! Te extrañé mucho, mi amor.

Le ofrecí mis brazos, pero ella me miró como si fuera una extraña. Entonces sus ojos se volvieron hacia mi madre.

—Ve con tu mami —dijo mi madre y me la entregó.

Estaba tan feliz de tenerla en mis brazos, pero Alba no parecía interesada en quedarse conmigo. Frunció los labios y comenzó a llorar con lágrimas gruesas mientras extendía sus pequeños brazos hacia mi madre.

—Mamá, mamá —le dijo.

Sus palabras se sintieron como un rayo de electricidad atravesando mi cuerpo. Mi madre y yo intercambiamos miradas. Ella sabía lo que estaba pensando.

—Comenzó a llamarme 'mamá' y no tenía el corazón para decirle que no era su madre —dijo. Luego, volviéndose hacia Alba, agregó: —Esta es tu mamá, mi amor, no yo.

La niña no entendió y siguió llorando por mi madre. No tuve más opción que devolverla a sus brazos. Entonces, no pude contenerme. Me volví hacia Mario. En el momento en que intercambiamos miradas, él sabía lo que vendría después y me dio el abrazo que tanto necesitaba.

—La he perdido —le dije, con la voz quebrada.

Mario inhaló profundamente, mientras acariciaba mi espalda.

—Necesitas darle tiempo —dijo—. Ella se adaptará. Todavía es pequeñita.

—Mario tiene razón —dijo mamá—. He amado a este angelito con todo mi corazón. Ella llenó el vacío que dejaste, pero tu papá y yo sabíamos que era tuya. Llegará el momento en que ya no seamos tan importantes para ella y solo tú importarás. Así es la vida. Los abuelos entienden que el amor infinito por sus nietos a menudo es una calle que va en una sola dirección. Y eso está bien. Lo aceptamos.

—Vamos —dijo Julio—. Dejemos de hablar de cosas tristes. Tenemos mucho que celebrar. Tenemos dos autos esperándonos. Vámonos a casa. Tenemos una fiesta planeada para ustedes con croquetas, ensalada de coditos y otras delicias.

—Julio, chico, deja de hacerme la boca agua —dijo papá.

Caminamos hacia la salida. Mientras lo hacíamos, seguí mirando a mi bebé, haciéndole muecas, dejándola familiarizarse conmigo. Esperaba que ella pudiera entender que no quería hacerle daño. Todo lo que quería era amarla y ser su madre.

—¡Qué niña tan hermosa! —le dije con voz de bebé y le toqué la naricita.

Reunidos

Ella me observaba mientras hacía todo lo posible por conquistarla.

—Siempre te amaré, mi niña linda.

Relajé mi expresión y forcé una sonrisa y ella me la devolvió.

Capítulo 18
Maritza

Polina

—Tomás, ¿viste a Polina por allá afuera? —Le pregunté a mi esposo cuando lo escuché llegar del trabajo.

Era 1971, doce años después del triunfo de la revolución. Polina pronto cumpliría nueve años. Habíamos tratado de tener otro bebé, pero no lo logramos.

Mi hija había sido una bendición. Brillante, extrovertida, llena de asombro y alegría. En un lugar donde nuestro entorno se iba desmoronando poco a poco debido a las frecuentes inundaciones que salpicaban moho en las paredes de las casas, Polina rezumaba luz del sol. Pero temía por ella. Su inocencia me asustaba, especialmente cuando veía tanto a niños como a niñas fajándose a puños en las calles.

Pensé que la naturaleza evolutiva de nuestro vecindario era la culpable. Luego de que algunas de las familias de Santos Suárez se fueran al extranjero, otras, algunas con vínculos con el nuevo gobierno, ocuparon las casas que quedaron vacantes. A medida que las personas con el talento y el conocimiento para dirigir las industrias se fueron, la escasez se convirtió en una realidad, aunque algunos culpaban al bloqueo. Cuando los padres ya no podían comprar ropa en las tiendas para sus hijos, compraban telas y las hacían.

Por suerte, tenía mi propia máquina de coser en casa, una vieja de la marca *Singer*, por lo que yo misma le hacía la ropa a Polina. Otros niños no tenían esa suerte y a menudo los veía jugando en la calle sin camisas.

Las familias que tenían parientes en los Estados Unidos o que ocupaban puestos de poder bajo el nuevo gobierno se vestían y comían mejor que el resto. Sin embargo, algunos de los niños más pobres acosaban a quienes tenían familiares en el extranjero. Por lo tanto, las desigualdades que el nuevo gobierno había prometido resolver nunca desaparecieron, y aquellos en posiciones de poder se convirtieron en la nueva élite. Los que tenían familiares que les enviaban ayuda desde el extranjero se convirtieron en la nueva clase media. Mientras tanto, los pobres vivían de las escasas y fuertemente subsidiadas raciones de alimentos. El gobierno prometió que el cambio llegaría y le pidió paciencia al pueblo.

Tomás sabía que el nuevo sistema no funcionaría, ya que eliminaba los incentivos para el desarrollo y el crecimiento personal.

—La respuesta es el capitalismo con conciencia social —me decía.

Aun así, algunos esperaban un futuro mejor, lo que llevó a que Cuba contara con algunos de los taxistas más educados del hemisferio.

La decepción de Tomás crecía cada día que pasaba. Como maestro en Zambrana, la escuela primaria a la que asistía nuestra hija, pensaba que los educadores se habían convertido en herramientas del nuevo gobierno, algo que le resentía.

En un par de ocasiones, Polina había sido sacada de su clase para cantarles y bailarles a las delegaciones extranjeras que visitaban la escuela. Los administradores no nos pidieron permiso para exhibirla como trofeo. Simplemente lo hicieron.

—Polina probablemente está al frente hablando con nuestra vecina mexicana y tocando su piano —respondió y me dio un beso en los labios.

—Le encanta cantar y bailar —le dije.

—Lástima que sea tan talentosa en esos aspectos. No me gusta oírla cantar el himno socialista 'La Internacional'. También me disgusta ese pañuelo rojo que ella y los otros niños deben usar para demostrar que son pioneros del comunismo... —respiró hondo.

—No tenemos otra opción, mi amor. Ella debe vivir aquí. Y hablando de otra cosa ¿has leído las composiciones que redacta en su clase de español? Tiene una creatividad increíble. No sé de dónde la saca.

—Su padre es maestro, así que no me sorprende —dijo, elevando las cejas.

—Sí, pero ella es muy creativa. De todos modos, no deberíamos dejarla afuera por el vecindario.

—Un poco de independencia no la va a lastimar. En este barrio, todos se conocen entre sí. Además, nunca está sola. Siempre está con su amiga Laritza.

—Por favor, llama a Polina. Ya sabes lo que dicen: 'el ojo del amo engorda el caballo'.

—Está bien, la llamaré —dijo—. La proteges demasiado.

Salió al balcón y comenzó a llamarla por su nombre. Podía oírlo desde el interior del apartamento. Cuando ella no respondió, me ofrecí como voluntaria para ir a buscarla.

Concha, nuestra vecina mexicana que había estado casada con un famoso compositor y pianista, tenía una de las residencias más bellas del barrio, con un gran *porche* y elegantes columnas redondeadas. El interior de la casa era aún más impresionante, con una habitación presidida por el piano de cola del bebé.

Desde el *porche* de azulejos, llamé a la puerta. Esperé unos minutos y Concha salió con una sonrisa amistosa.

—Buenas tardes. Lamento molestarte. ¿Está Polina aquí? —pregunté.

—Sí, ella y Laritza están aquí. Les di limonada y ahora Polina está practicando sus escalas. Esa niña es muy talentosa. ¿Te gustaría entrar?

Entré a la elegante casa que había visto días mejores. Ahora la pintura de las paredes había comenzado a desvanecerse y pelarse.

—Polina, tu mamá está aquí —anunció Concha, quien tenía el pelo blanco, siempre peinado hacia atrás, sostenido en una cola de caballo, sin maquillaje. Era delgada y modesta, con una personalidad accesible y la mirada de una amorosa abuela. Cualquiera que hablara con ella nunca podría haber adivinado que había sido la esposa del famoso compositor de renombre mundial, Moisés Simón Rodríguez, quien había muerto en Madrid, España, en 1945 a los 55 años. Había sido el compositor de *El Manisero*, una de las canciones cubanas más icónicas. A Concha le encantaba enseñar a tocar el piano a los niños que visitaban su casa. A Polina le encantaba practicarlo.

Encontré a mi hija sentada junto al instrumento, mientras su amiga, Laritza, sentada detrás de ella en un sillón, tomaba un gran vaso de limonada.

—Es hora de irse a casa —le dije. —Tu padre te está esperando.

Sin mirarme, dijo: —Solo un poco más. Estoy tratando de aprender las escalas y no tenemos un piano. Este es el único lugar donde puedo practicar.

—Es que no podemos permitirnos el lujo de tener un piano, cariño. Lo siento.

—Por favor, Mami. Solo un poco más.

Miré a Concha.

—¿Está usted de acuerdo?

—Por supuesto. De hecho, iba a caminar hasta la panadería La Gran Vía para comprar algunas golosinas. ¿Puedo llevar a las chicas y comprarles algo?

—Ya hace demasiado por ellas —le dije.

—No será ninguna molestia. Me encantaría llevarlas conmigo.

—A mis padres no les importa —dijo Laritza.

Miré a mi hija. Me miró con las cejas levantadas y los ojos muy abiertos. Sacudí la cabeza.

—Está bien —le dije—. Regresa a casa en una hora.

Polina se puso de pie, corrió hacia mí y me dio un abrazo.

—Te amo, Mami. Volveré en una hora. Lo prometo. Gracias por dejarme ir.

Salí de la hermosa casa de Concha y regresé a mi apartamento sintiéndome herida. Ojalá pudiera hacer más por mi hija. Ojalá pudiera darle la vida que se merece. Tal vez, Dios sabe lo que hace cuando no me ha bendecido con más hijos.

Aproximadamente una hora después, Polina regresó a casa.

—¿Qué es eso? —Le pregunté cuando noté que llevaba algo envuelto en una servilleta.

—Concha me compró dos tartaletas en la Gran Vía. Les traje una para que tú y papi la compartan.

—Pero te encantan los dulces —le dije.

Ella se encogió de hombros.

—No solo eres inteligente y talentosa, sino también la niña más dulce que conozco. Estoy muy orgullosa de ti.

Le di un abrazo a Polina y toda la angustia que había sentido por mi insuficiencia como madre se desvaneció en un instante.

Capítulo 19
Maritza

La abuela Reimunda

Era el año 1973 y Cuba había permanecido en una cápsula del tiempo. A medida que los materiales de construcción escasearon, el mantenimiento de casas y edificios prácticamente se detuvo. Era difícil ver desvanecerse la belleza de la ciudad con cada año que pasaba.

Fue en agosto, durante una llamada de mi cuñado, que vivía en Miami, cuando me enteré de que Fulgencio Batista, el dictador anterior, cuyas acciones algunos atribuyeron al ascenso de Castro al poder, había muerto de un ataque al corazón en un *resort* cerca de Marbella. Tenía 72 años. Tomás no desaprovechó esta oportunidad para hablarme de él. Nacido en 1901 en Banes, provincia de Oriente, era hijo de un peón agrícola. A los trece años, quedó huérfano; luego dejó la escuela y se convirtió en aprendiz de sastre. A los veinte años, tras realizar una serie de trabajos, se trasladó a La Habana y se alistó en el ejército. Ascendió al rango de sargento a los veintisiete años, después de construir una buena reputación como taquígrafo. El impopular presidente Machado estaba en el poder en ese momento. En 1933, la inestabilidad económica y las crecientes presiones en la isla llevaron a Machado a huir del país. El gobierno provisional que siguió no pudo evitar los disturbios existentes, que crearon las condiciones para que Batista y otros oficiales del ejército organizaran un golpe de Estado.

Tomás pensaba que el ascenso de Batista al poder en 1952, mediante un golpe militar, preparó el escenario para que Castro evolucionara. Batista prohibió las huelgas, canceló las elecciones y suspendió las garantías constitucionales. Muchos líderes lo resentían por esta violación de la democracia. Sin embargo, nadie esperaba que se produjera un gobierno más despiadado. La muerte de Batista había marcado el fin de una era.

Aproximadamente un mes después de su muerte, Polina cumplió once años. En lugar de hacer una celebración en nuestro vecindario, decidimos pasar tiempo con nuestros suegros y la abuela en Marianao. Reimunda todavía caminaba por el vecindario, como lo había hecho años antes. Todavía interrogaba a todos, incluso a los funcionarios del gobierno, y recibía más atención de la que debería recibir.

Ofelia, la mujer a cargo del Comité de Defensa de la Revolución en la cuadra donde vivían, había visitado a mis suegros varias veces para decirles que o Reimunda guardaba sus comentarios para sí misma, o tendría serios problemas.

Mis suegros le rogaron a Ofelia que no hiciera nada.

—Ella es vieja. Ya no tiene filtros. No hay mucho que podamos hacer respecto a lo que dice. Por favor, no la lleves a la cárcel por algo que no puede controlar. Un día, tu mamá tendrá su edad. ¿La llevarías a la cárcel?

Ofelia permaneció en silencio y miró a mis suegros con desconfianza, pero al final, dijo: —Sigue hablando con ella. Necesita parar.

El día del cumpleaños de Polina, cuando llegamos a casa de sus abuelos, encontramos a Reimunda en un sillón afuera, mirando a la gente pasar. Llevaba un viejo suéter beige y pantalones verdes y trató de levantarse cuando nos vio.

—No te levantes —le dije.

—No puedes decirme que no me levante. Me levanto si quiero.

Con dificultad, pero efectivamente, logró salir del sillón. Todos sonreímos.

—¡Abuelita! —dijo Polina. —Te extrañé mucho.

Polina le dio a su bisabuela un tierno abrazo y un beso en la mejilla. Nos quedamos allí esperando nuestro turno.

—Entonces, escuché que estás cumpliendo once años —dijo Reimunda y sostuvo las manos de Polina entre las suyas.

—Así es.

—Feliz cumpleaños. He estado guardando algo especial para ti, pero espero que Dios me mantenga viva por cuatro años más para dártelo. Pero hoy, tengo otro regalo, algo que conservé desde que estaba casada. Mi esposo, tu bisabuelo, me lo dio. Trabajó muy duro para comprarlo, así que espero que lo atesores siempre.

—Lo haré, Abuelita, pero no necesitas darme nada. Tus abrazos son suficientes.

Reimunda nos miró y asintió.

—Estás haciendo un buen trabajo criando a tu hija. Ella tiene un buen corazón y eso le servirá bien algún día cuando ya no esté aquí.

—Gracias, Reimunda —le dije.

La abrazamos y entramos a saludar al resto de la familia. Luego, Reimunda le presentó a Polina su regalo: una cadenita de plata con un rubí, que le gustó mucho a la niña.

Tuvimos una buena reunión, como cuando la familia extendida se reunía para alguna celebración especial. La carne de cerdo, los frijoles negros, el arroz y los plátanos maduros fritos eran casi siempre el plato principal, pero a medida que pasaban los años, se hacía cada vez más difícil encontrar carne de cerdo en el mercado negro. A la abuela Reimunda no le importaban las nuevas reglas del gobierno. La gente del vecindario debió de pensar que estaba loca y la dejó tranquila, salvo las amenazas ocasionales de la mujer del comité. Fue Reimunda quien encontró la carne de cerdo ese año, aunque pagamos un precio exorbitante por ella. Pero en una tierra donde todo faltaba, la comida y la familia era todo lo que nos quedaba.

La familia, la esperanza y la fe se convirtieron en el adhesivo que nos mantuvo unidos en un lugar que se había convertido en una cárcel desde 1970, cuando el gobierno decidió que nadie más podía salir de Cuba.

Y así, entre reuniones familiares, largas colas para comprar nuestra cuota de comestibles y transacciones en el mercado negro, logramos sobrevivir. Sin embargo, la gente en Cuba estaba cada vez más inquieta y cansada de las promesas. La mayoría de nosotros no expresábamos nuestra opinión en público, sabiendo cuánto la divulgación de nuestras opiniones afectaría nuestras vidas. Mientras tanto, la abuela Reimunda seguía siendo una voz para los que no tenían voz, una implacable narradora de verdades.

A medida que avanzábamos en nuestras vidas, haciendo lo mejor que podíamos para sobrevivir, no nos dimos cuenta de que se avecinaban tiempos aún más oscuros.

La abuela Reimunda

Capítulo 20
Andrea

Alba

—Alba, ¿terminaste tu tarea? —Le pregunté a mi hija de nueve años mientras estaba sentada junto a la mesa del comedor, dibujando en una hoja de papel blanca.

—Sí, mami, la terminé.

—¿Qué estás haciendo ahora?

—Dibujando —dijo.

—¿Puedo verlo?

Me mostró su ilustración: tres figuras: una niña de pie entre dos adultos, todos tomados de la mano.

—¿Quiénes son?

—Abuela, abuelo y yo. Quiero dárselos en la Navidad.

—¿Qué es eso encima de ellos? —Le pregunté.

—Cuba. Siempre están hablando de Cuba.

—¿Los quieres mucho?

Sus ojos se iluminaron y asintió con entusiasmo.

—¿Y a mí? —Se encogió de hombros.

—¿No quieres a tu mami?

Ella respondió con un «sí» poco convincente.

—Bueno, pues debes saber que tú y tus abuelos son las personas más importantes en mi vida y yo daría mi propia vida para mantenerte a salvo. ¿Puedes darme un abrazo?

Renuente, me dio un abrazo.

—¿Iremos a casa de la abuela este fin de semana? —preguntó.

—¿Es eso lo que quieres?

Sus ojos se abrieron de par en par y asintió dos veces.

—Sí, por supuesto. Iremos. ¿Puedes hacerme un favor?

Hizo un gesto afirmativo con la cabeza.

—Cuando termines tu dibujo, ¿podrías ir a jugar con tu hermano?

—Solo le importan los camiones. No quiero jugar con juguetes para niños.

—Bueno, léele una de tus historias.

—No le gustan mis historias. Se aburre.

—Por lo menos, léele uno de los libros que le compramos, para que yo pueda terminar de limpiar la casa. He estado trabajando y yendo a la escuela por las noches, así que esta casa es un desastre.

—Está bien, iré a leerle.

Dejó de dibujar y fue a la habitación de Marco. Era un chico guapo que acababa de cumplir cinco años, con el pelo negro como el de su hermana, hablador, seguro de sí mismo y argumentativo como mi padre. Como a mí, le encantaba bailar. Su hermana era una buena bailarina, pero prefería escribir y dibujar. Mis padres los cuidaban mientras yo asistía a la universidad por las noches, lo que hizo que Alba se alejara aún más de mí.

A veces, cuando miraba a Alba, pensaba en la bebé que perdí. Nunca le había dicho a Alba que era gemela y que su hermana había muerto. ¿Para qué? Para mí, el dolor de perderla nunca había desaparecido y no quería que Alba se sintiera culpable por haber sido la sobreviviente ni triste por haber perdido a su hermana.

Alba

Me hubiese gustado que las cosas fueran diferentes y pudiera pasar más tiempo con mis hijos. Tenía una licenciatura en biología con especialización en química, pero estaba cursando clases adicionales para convertirme en higienista dental, mientras trabajaba como asistente en el consultorio de un dentista. Era lo que se necesitaba hacer para sacar a la familia adelante en un nuevo país, pero a veces, sentía que Alba se enojaba porque apenas pasaba tiempo con ella. Tal vez eso explicaba su falta de afecto hacia mí y el amor que le tenía a su abuela.

Mi educación y el trabajo de Mario en *Burdines* nos habían ayudado a construir un futuro mejor para nuestra familia. Habíamos logrado comprar una pequeña casa en Hialeah que necesitaba reparaciones. No era el lugar ideal, pero en el momento en que vi la casita de tres habitaciones supe que podríamos convertirla en un hogar.

Sin embargo, luego de mudarnos, no permitía que mis hijos estuvieran solos fuera de casa, ya que no vivíamos en un lugar donde todos se conocieran. Ahora, apenas veía a mis vecinos. Estábamos demasiado ocupados tratando de salir adelante.

Hialeah, ubicada en el noroeste de *Miami-Dade*, reflejaba la diversidad de una población multicultural. Su nombre indio significa 'pradera alta'. Sin embargo, el área había experimentado un crecimiento significativo en la década de 1960, lo que la convirtió en la quinta ciudad más grande de la Florida. Muchos inmigrantes de países de habla hispana llegaron allí debido a la abundancia de empleo. Así, en poco tiempo, el español se convirtió en el idioma predominante en los establecimientos comerciales.

En Hialeah, nos mantuvimos fieles a nuestras tradiciones y valores familiares: el respeto a los ancianos y el trabajo duro. Vivir cerca de mis padres, quienes habían comprado una pequeña casa de dos habitaciones, ubicada a dos cuadras de la nuestra, me brindó más flexibilidad en el cuidado de los niños, ya que mi madre había ajustado su horario para poder recoger a mis hijos después de la escuela.

Se había hecho evidente que cuanto más tiempo pasaba mi hija con su abuela, más se desapegaba de mí. Los años que había pasado lejos de ella y mi apretada agenda en Miami habían dejado una marca permanente en nuestra relación. Esperaba que algún día, cuando se convirtiera en adulta y tuviera hijos propios, me entendiera. Tal vez entonces, nuestra relación como madre e hija tendría una oportunidad. Mientras tanto, todo lo que podía hacer era trabajar duro para darle una buena vida y vivir la libertad por la que tanto nos habíamos sacrificado.

Mi familia, como muchos que salieron de Cuba en la década de 1960, pensó que nuestra estadía en Miami sería de corta duración. Nunca pensamos que el nuevo gobierno sobreviviría más de un año o dos. Sin embargo, a medida que pasaron los años, nuestra esperanza de regresar a Cuba comenzó a desvanecerse y la necesidad de replicar nuestra forma de vida anterior a la revolución se convirtió en un imperativo.

Capítulo 21
Maritza

1977

Era el año 1977 y se acercaba el decimoséptimo cumpleaños de Polina. Yo le había hecho uno de los vestidos que usaría esa noche. Luis le envió otro y tela adicional para un tercer vestido. Para entonces, el hermano de Tomás se había casado con una cubana que emigró en 1960 y la pareja tenía dos niñas encantadoras. Era dueño de una mueblería y vivía cómodamente en la sección suroeste de Miami.

Mientras tanto, nuestro barrio Santos Suárez se había convertido en la sombra de lo que era, desde sus calles rotas hasta los murales comunistas esparcidos por la ciudad. Algunas de las casas del barrio estaban apuntaladas. Las largas colas continuaban, no solo para obtener las raciones de comida, sino también para recoger agua de un camión que llegaba al barrio cuando se agotaba el suministro.

A menudo teníamos apagones, sobre todo durante la cena. Entonces, en noches de apagón, las tenues luces de las lámparas chinas de queroseno iluminaban los interiores de nuestros hogares.

Claudia, que todavía trabajaba en el hospital como enfermera, se había ofrecido a traer el *cake* para la celebración del cumpleaños de Polina. Ya no trabajaba en la unidad de maternidad. Había pedido ser trasladada a la sala de emergencias. Eso me sorprendió. Cuando nos conocimos, me dijo que no le gustaba trabajar en la sala de emergencias. Su explicación fue que se sentía culpable por no haber podido salvar a una bebé durante la noche en que Polina nació. De la forma en que me lo explicó, llegué a la conclusión de que no era su culpa. Los médicos estaban demasiado ocupados. Ella hizo lo mejor que pudo.

Aun con lo servicial que Claudia había sido conmigo cuando Polina nació, no había sido la tía que pensé que sería. A lo largo de los años, cuando nos visitaba, nos traía galletas rusas, colonia u otros regalos que sus pacientes le habían dado, pero no llevaba a la niña a ninguna parte y se distanciaba de ella, sin importar cuántas veces Polina intentara acercarse.

Un día, cuando tenía seis años, le dio a su tía una flor de hibisco que había recogido en un jardín. Claudia estaba sentada en la sala, hablando con Tomás, cuando llegamos de la tienda. En el momento en que Polina la vio, corrió hacia ella con alegría y le entregó la flor.

—¿Es eso para mí? —preguntó Claudia.

Polina asintió.

—No me gustan las flores, pero déjala en la mesa del comedor y me la llevaré cuando me vaya.

Mi hija obedeció. Más tarde, cuando su tía estaba a punto de irse, Polina le recordó la flor y se la trajo. Probablemente no se dio cuenta de que la niña correría al balcón y la observaría mientras salía del complejo de apartamentos. En el momento en que Claudia giró a la derecha en la acera, botó la flor. El viento la recogió y la hizo rodar unos metros hasta el césped frente a una casa. Polina entró llorando.

—Tía Claudia botó mi flor —dijo.

—Va para el trabajo, pero sé que le gustó mucho —le dije.

Polina no estaba convencida y desde entonces comenzó a actuar con más cautela hacia ella.

Mi esposo dijo que Polina era un recordatorio constante de los hijos que su hermana nunca tuvo. Tal vez tenía razón, pero aun así, encontré su comportamiento inusual. Polina había sido una bendición, un regalo de Dios. No sabía cómo Claudia podía mirarla sin derretirse, como nos derretíamos al verla sonreír.

En la noche del cumpleaños de mi hija, Tomás y yo salimos de la casa con ella, Laritza y Alfredo, un muchacho que Polina había conocido en la escuela, en el auto de un vecino. Llevábamos las mudas de ropa de Polina en el maletero. Una vecina la había peinado y maquillado y le había pintado las uñas.

Polina llevaba un vestido *beige* vaporoso que complementaba su cabello oscuro. Parecía una princesa.

En preparación para la fiesta, sus abuelos habían trasladado los muebles de la sala a los dormitorios para dejar espacio para la pista de baile. Invitaron a amigos cercanos, pero pronto la casa se llenó de adolescentes del vecindario.

Reimunda, aunque tenía ochenta años, nos dijo que se encargaría del problema. Le pidió a Tomás que colocara una silla junto a la entrada del portal y se sentó allí como un soldado, regulando quién entraba y quién salía. Quería mucho a Polina, quien le correspondía y la llenaba de abrazos y besos cada vez que la veía. noche, como le había prometido, le dio un regalo especial: su anillo de bodas. Polina lloró al recibir este símbolo de amor entre Reimunda y el bisabuelo, a quien la quinceañera nunca conoció.

La puerta principal y todas las ventanas de la casa estaban abiertas para dejar entrar la brisa nocturna. Un tocador de casetes que Luis había enviado desde los Estados Unidos comenzó a reproducir música, lo que marcó el comienzo de la danza coreografiada. Primero, padre e hija bailaron al ritmo de un bolero. Entonces, Polina y Alfredo y cuatro parejas jóvenes, entre ellas Laritza y un chico que había conocido en Marianao, comenzaron a bailar. La multitud se reunió a ambos lados de la sala, mientras todos los ojos se centraban en la improvisada pista de baile. Esto le permitió a Reimunda ver a su bisnieta bailando con su vestido largo. Mis ojos se enfocaron primero en Polina, luego en sus abuelos y en Reimunda. Los abuelos brillaban de felicidad mientras observaban a su nieta. Era la primera vez que la veían maquillada. Al igual que yo, se sentían muy orgullosos de la niña que se había convertido en una jovencita ante nuestros ojos.

Después del baile, tomamos fotos de la familia junto al *cake* decorado con cisnes.

Mientras tomábamos las fotos, Claudia seguía mirándonos a Tomás y a mí.

—¿Está todo bien? —Le pregunté.

—Sí —respondió y evitó mis ojos.

Más tarde, cuando la fiesta se estaba terminando, le pidió a su hermano que la acompañara a la habitación de sus padres.

—¿Ahora? ¿En medio de la fiesta? —preguntó Tomás.

Ella asintió.

Se fueron por un tiempo. Cuando salieron de la habitación, Claudia tenía los ojos rojos, como si hubiera llorado, y Tomás parecía enojado.

—¿Qué pasó? —le susurré al oído.

—¡No pasó nada! —Gritó Tomás. —¡Solo déjame en paz!

Tomás nunca me había hablado así.

Me acerqué a Claudia.

—¿Por qué está molesto Tomás? Y ¿qué te pasa?

Ella comenzó a llorar y dijo: —Debo irme. Lo siento.

Entonces salió de la casa sin despedirse.

Capítulo 22
Maritza

El secreto

Polina, Tomás y yo nos estábamos comiendo un trozo de pan fresco con café con leche en la mesa del comedor. Era el domingo después de la celebración del decimoquinto cumpleaños de Polina.

—Papi y mami, quiero darles las gracias por mi fiesta. Tengo la suerte de tenerlos a ustedes como padres. Muchas muchachas que conozco no han tenido fiestas como la mía porque sus padres no pueden darse ese lujo. Sé lo mucho que trabajaron para lograrla. Los quiero mucho a los dos.

Miré a Tomás, pero permaneció inexpresivo y en silencio, como había estado después de hablar con su hermana.

—Eres la persona más importante en nuestra vida —le dije. Eso es lo menos que podemos hacer por nuestra niña.

Polina sonrió y untó mantequilla en su pan antes de sumergirlo en el café con leche.

—Papi, ¿y qué pasó ayer? ¿Por qué los ojos de Tía Claudia estaban rojos, como si hubiera llorado después de que tú y ella hablaron? ¿Ustedes se pelearon?

Una vez más miré a mi esposo. Yo también me preguntaba qué pasó, pero él se negó a hablar. Al menos, se había disculpado por su comportamiento de la noche anterior.

—No es nada, cariño —le dije—. Los hermanos pelean a veces. Es normal.

—Ojalá yo hubiera tenido una hermana —respondió. Miré hacia abajo.

—Lo siento, mi princesa —le dije—. Lo intentamos, pero no pude.

—Está bien. No te preocupes —respondió, encogiéndose de hombros. Luego, dirigió su atención a su padre.

—Papi, el muchacho con el que bailé anoche se hizo mi novio. Sé que pensaste que era solo un amigo, pero nos queremos. Quiere venir a casa a visitarme. ¿Está bien contigo?

Tomás no la miró a los ojos cuando respondió.

—Necesitas preguntarle a tu madre. Luego se volvió hacia mí y me preguntó: —¿Sabes algo sobre ese muchacho?

—Sus padres viven a un par de cuadras de nosotros. Va a la escuela con Polina, pero es un año mayor que ella. Su padre trabaja para el Ministerio del Interior.

—Entonces es un comunista —dijo Tomás.

Era la primera vez que no filtraba lo que decía frente a nuestra hija. Queríamos que viviera una vida desprovista de preocupaciones. Sabía que su tío, Luis, estaba en Miami y que sus maestros lo llamaban *traidor* porque había elegido vivir en los Estados Unidos. Pero ella no sabía cómo pensábamos Tomás y yo sobre el gobierno de Castro.

—Hablaremos de eso más tarde, Polina —le dije, dándole a mi esposo una mirada penetrante.

—Podemos hablar de eso ahora. Luis está en los Estados Unidos. Frente a personas como ese muchacho, somos el enemigo. No puedes traer a cualquiera a esta casa, o, cuando menos, lo esperamos. Vamos a terminar arrestados por algo que dijimos entre nuestras propias paredes. ¿Entiendes?

El rostro de Polina se sonrojó.

—Papi, no hice nada malo. Alfredo es mi amigo. No es una mala persona. La forma en que sus padres piensan no afecta su forma de pensar. Él tiene una mente propia, al igual que yo.

Me sorprendió ver a Polina mantenerse firme, pero me hizo sentir orgullosa.

—Entonces, ¿crees que tu tío es un traidor? —preguntó Tomás.

—¡No, por supuesto que no! Papi, ¿qué te pasa? ¿Por qué estás actuando de esta manera?

Tomás apartó su desayuno y se levantó abruptamente. Luego, al entrar, salió de la sala y tiró la puerta de nuestra habitación.

***

Tres meses después del decimoquinto cumpleaños de Polina, Claudia murió. Una forma agresiva de cáncer le cobró la vida.

El día del funeral, Polina se sentó junto a Reimunda y la abrazó.

—No me vas a dejar también, abuelita, ¿verdad?

—Deja de pensar así. No iré a ninguna parte.

—Pero ¿por qué Dios tuvo que llevársela tan pronto? Mamá me enseñó a creer en él, pero si es tan bueno, ¿por qué se la llevó?

Reimunda respiró hondo.

—Mi amor, Dios obra de maneras misteriosas. También he perdido parte de mí, pero me alegra estar aquí ayudando a esta familia a superar esto. Necesitas mantenerte fuerte. La vida no es fácil. Tus padres han tratado de pintarte un cuadro de color de rosa durante todos estos años. Eso no es bueno para ti. Así es la vida. Amamos y perdemos. Es importante amar con todo nuestro ser mientras podamos, porque no sabemos cuándo se nos quitará el privilegio de amar. Vivir con remordimientos nos quita una pequeña parte del alma. No es bueno vivir el resto de nuestras vidas diciéndonos a nosotros mismos: '¿y si hubiera sido más amorosa? ¿Y si...? Esa no es la forma de vivir.

Estaba sentada al otro lado de Polina, junto a Tomás, en un banco largo y barnizado, como los que había en la iglesia. Su novio se sentó en el banco detrás de nosotros. Había pasado tanto tiempo desde la última vez que puse un pie dentro de una iglesia. Dejamos de ir después de que el gobierno prohibiera la celebración de la Navidad.

Los padres de Tomás se sentaron a su lado. Me dolía ver a su mamá. No podía entender cómo mantenía la cordura después de haber perdido a un hijo en el exilio y, ahora, a una hija. Durante un tiempo, los ojos de Tomás se centraron en el cuerpo de su hermana. Luego enterró su rostro en sus manos. Su madre y yo le dimos unas palmaditas en la espalda.

—Ella está descansando ahora, hijo —dijo su madre.

Seguí pensando en las palabras de Reimunda. Tenía razón. Habíamos sobreprotegido a nuestra hija.

Polina se levantó y caminó hacia su padre. Se paró frente a él, lo acarició y le besó el cabello grisáceo.

—Lo siento, papi. Siento que tía Claudia nos haya dejado tan pronto. Ojalá pudiera quitarte este dolor. Lo siento mucho.

Tomás levantó la cabeza, mientras sus emociones brotaban de sus ojos. Miró a Polina.

—Debería ser yo quien se disculpe contigo, mija. Lamento la forma en que te he tratado durante los últimos tres meses. No te lo merecías. Lo siento de verdad.

Se puso de pie y la abrazó.

Detrás del padre y su hija, Claudia descansaba pacíficamente en su ataúd abierto. Se veía hermosa, como un ángel. Podía oler la muerte en el aire. Al menos, eso es lo que me dije a mí misma, pero no era la muerte lo que olía. El aroma de las flores sobre su ataúd me recordó el olor de la muerte, al día en que me senté en un banco como este y observé los cuerpos de mis padres, uno al lado del otro, después de que viajaran juntos a la eternidad.

Me preguntaba por qué Claudia había elegido el cumpleaños de Polina para decirle a su hermano que tenía cáncer. Nunca se lo contó a sus padres y tampoco quería que su hermano se lo dijera. Tomás explicó que no quería que la gente se compadeciera de ella durante sus últimos meses de vida. Sin embargo, cuando Tomás me contó, después del funeral, sobre su conversación con su hermana, sentí que había omitido algo. Mi intuición me dijo que ella se había llevado un secreto a la tumba; uno que solo compartió con su hermano el día del cumpleaños de Polina. Le comuniqué mis dudas a Tomás. Sus evasivas confirmaron mi sospecha.

Sin embargo, pasarían muchos años antes de que la vida me diera la razón.

Capítulo 23
Maritza

1979

En 1979, el gobierno cubano comenzó a permitir que los exiliados regresaran a la isla para visitar a sus familiares. La medida vino con condiciones. Incluso si los exiliados habían planeado quedarse con sus familias durante su visita, tenían que comprar paquetes vacacionales que incluían la estadía en un hotel y las comidas. Los que regresaban también tenían que viajar con pasaporte cubano, lo que añadía más costo a un viaje que ya era caro, pues oscilaba entre 700 y 1.000 dólares por persona.

Luis debatió consigo mismo si debía regresar. Lo último que quería era apoyar al gobierno de Castro, trayendo dólares a la isla, pero al final el amor por su familia prevaleció sobre su ideología política.

Habían pasado dieciocho años desde la última vez que puso un pie en Cuba. Las llamadas telefónicas, las cartas y las fotos habían sido un pobre sustituto de la presencia física y de la capacidad de abrazar a sus padres, a su hermano y a su abuela.

Todos nos reunimos en la casa de Tomás, en Marianao, para esperar a Luis. Tomás quería ir al aeropuerto, pero su hermano lo convenció de que se quedara en casa. Temía que los retrasos en inmigración u otros factores hicieran exasperante la espera en el aeropuerto. Y tenía razón al anticipar tales retrasos.

No había visto tanta felicidad en la casa desde la fiesta de quince años de Polina. Las sonrisas, las conversaciones y la anticipación reinaban, dándonos un bienvenido descanso del duelo tras la muerte de Claudia.

La casa olía a comino, ajo y orégano. Tomás había comprado una paleta de cerdo en el mercado negro por más de lo que yo ganaba en un día. Quería lo mejor para su hermano.

Alfredo, el novio de Polina, el joven que había bailado con ella en su decimoquinto cumpleaños, llegó una hora antes de la celebración prevista. Luis aún no estaba en casa. Alfredo era un muchacho de dieciocho años que pronto asistiría a la Universidad de La Habana.

Por fin había podido convencer a Tomás de que el joven se había enamorado de nuestra hija y que tenía buenas intenciones. De hecho, ese día Alfredo había llegado con regalos: dos frascos de mermelada de guayaba que su madre había comprado en el mercado negro para la ocasión. —Hasta los comunistas no tienen más remedio que romper las reglas —me susurró Tomás al ver los pomos de dulce.

Cuando terminaron los preparativos, todos nos sentamos en la sala para esperar a Luis. Polina se sentó junto a Reimunda. Se había acercado aún más a ella desde la muerte de Claudia.

—Quiero que se sienta muy querida antes de que ella también nos deje —dijo Polina. Reimunda, quien parecía mucho más delgada que antes, conectaba a Polina con el pasado. Polina disfrutaba de los momentos que pasaba con ella, escuchando sus historias y su perspectiva sobre el estado del país. La frágil abuela no estaba contenta y todavía decía lo que pensaba.

Un día, oficiales le pidieron que fuera a la estación de policía para ser interrogada. Por suerte, la mujer a cargo del Comité de Defensa de la Revolución, quien había recibido algunos regalos de los padres de Tomás, fue a la estación para defenderla. Reimunda fue liberada con otra advertencia.

Aunque muchos pensaban que Reimunda estaba decrépita, su mente estaba mejor que la de muchas personas de su edad.

***

Eran casi las tres de la tarde cuando escuchamos a alguien tocar a la puerta. Clara y José se pusieron de pie, mientras que su hijo, Tomás, corrió hacia la puerta y la abrió rápidamente. Su decepción se percibía en su voz cuando dijo: —Ofelia, qué agradable sorpresa.

Era la mujer a cargo del Comité de Defensa de la Revolución, una mujer de unos sesenta años, bajita y pesada.

—¿Interrumpí algo? —preguntó cuando nos vio a todos en la sala de estar.

—No, por favor, entre. ¿Podemos ofrecerle una tacita de café?

—No, esta es una visita corta. Entonces, ¿es verdad que esperan la visita de extranjeros? —preguntó, escaneando la habitación con la mirada.

—Mi hermano Luis. Mis padres no lo han visto desde 1961. Imagínese han sido 18 años —dijo Tomás.

—Eso es lo que escuché. Me alegra el que puedas verlo después de todos estos años. Es bueno ver que la revolución se preocupa tanto por las familias y que ha permitido estas visitas.

Podía sentir la sangre subiéndome al rostro. Necesitaba mantener la calma. Miré a Reimunda y oré para que se quedara callada, pero no fue en vano.

—¿Te escuché bien? —Reimunda dijo—. ¿Dijiste que debíamos agradecerle a la revolución? ¿Por qué crees que mi nieto se fue?

—Abuela Reimunda —le dije—. Estamos muy agradecidos, tanto que cuando llegue Luis, queremos darle a

Ofelia un pequeño regalo como prueba de nuestro agradecimiento.

No podía creer que esas palabras hubiesen salido de mi boca, pero no podía dejar que Reimunda se metiera en problemas de nuevo.

—Usted, tan amable como siempre —dijo Ofelia. Bueno, me iré ahora. Cuando llegue su familiar aquí, regresaré para saludarlo.

—Sí, estoy segura de que eso es lo que quieres —dijo Reimunda. Vino solo para saludar.

—Abuela, ¿por qué no vas a tu habitación con Polina y le muestras algunas fotos de Luis? —preguntó mi esposo.

—Sí, abuelita. Vamos.

Polina se puso de pie y caminó hacia su bisabuela. Luego la ayudó a levantarse y la acompañó a su habitación. Mientras se alejaban, pude escuchar a Reimunda decir:

—Sí, todos piensan que estoy loca, pero esta anciana está más cuerda que nadie en esta casa. ¿Qué piensa esa mujer...? ... ¿que nací ayer?

—Debe disculparla, Ofelia —le dije—. Sabe cómo son las cosas cuando alguien llega a esa edad.

Ofelia asintió y se despidió de nosotros.

Treinta minutos después, volví a oír golpes en la puerta. Me levanté y abrí.

Cuando lo vi frente a mí, me congelé. No podía creer que fuera la persona que se había ido. ¡Habían pasado tantos años! Su cabello se estaba volviendo gris, parecía más alto de lo que lo recordaba y olía a colonia almizclada. Colocó su equipaje, un gusano de tela de lona con un *zíper* largo, en el piso de baldosas. Estaba repleto.

No sabía cómo reaccionar y dije —buenas tardes— de la misma manera en que se lo habría dicho a un extraño. Él sonrió.

—¿Maritza? —dijo. Asentí con la cabeza.

—¿Luis? —respondí.

Él asintió y me dio un abrazo.

—Mi hermosa cuñada. Eres como el buen vino. Mejoras con la edad.

—Sí, ese es el cuñado que recuerdo —le dije y ahora, sintiéndome más a gusto, abrí la puerta de par en par.

Clara colocó las manos sobre el pecho, como si hubiera visto un fantasma, mientras los ojos de José se humedecían.

—Soñé con este momento durante tanto tiempo, hijo mío —dijo Clara.

Luis corrió hacia ella y le dio un cálido abrazo. Ella correspondió, abrazándolo con sus delgados brazos. No pudo decir nada más, abrumada por las emociones que ahora le corrían por el rostro, mientras la culminación del anhelo iluminaba cada parte de su ser.

—¿Y tú, papi? —dijo Luis después de que su madre lo soltara, como si se diera cuenta de que los otros estaban esperando para abrazarlo—. Te ves tan diferente. Te extrañé, viejo.

Usó el término *de cariño de antiguo y lo hizo extender* el respeto, la sabiduría y el amor en una sola palabra.

—Cuando te fuiste, me veía como te ves ahora. Y mírame... Cumplí sesenta y cinco este año —dijo José.

—Y yo, cuarenta y cinco. Estoy detrás de ti.

Hablaron por un rato. Entonces, Luis dirigió la mirada a Tomás. Los hermanos se abrazaron.

—Chico, mira qué musculoso te ves —observó Tomás—. ¿Estás levantando pesas?

—De vez en cuando. Trato de mantenerme fuerte y en forma —dijo Luis.

Reimunda se había quedado en su sillón, observando los saludos. Polina estaba a su lado junto a Alfredo. Cuando Luis finalmente notó a su abuela, se dirigió a ella.

—¡Sí, claro, dejaste a la vieja para el final! —dijo Reimunda.

—Abuelita, abuelita —respondió Luis—. No has cambiado.

Después de besarla, sus ojos se centraron en Polina y en su novio.

—¿Y es esta la jovencita que acaba de cumplir quince años? ¿Polina?

Ella lo saludó con una sonrisa y le agradeció la ropa que le había enviado. También le presentó a Alfredo.

—Dios, nuestros hijos nos están haciendo viejos. ¿Polina ya tiene novio? —preguntó Luis mientras estrechaba la mano de Alfredo.

Todos miramos a Luis con deferencia, examinando su bonito pulóver de rayas y sus pantalones marrones. Vestía de manera diferente a cualquiera de los hombres de nuestra familia, con ropa que parecía cara.

Nos sentamos y hablamos un rato.

—Debes tener hambre —le pregunté. ¿Almorzaste?

—No he comido nada desde esta mañana, así que me estoy muriendo de hambre.

—¿Por qué no dijiste nada? —le pregunté—. Todos ustedes se me quedan aquí con Luis. Tienen mucho de qué hablar. Iré a la cocina y prepararé las cosas.

—¿Por qué no me dejas ayudarte? — sugirió Clara.

—¡No has visto a tu hijo en dieciocho años! Absolutamente, ¡no! Disfruta de tu hijo. Yo me encargaré de todo.

—Te ayudaré, mami —dijo Polina.

—Yo también la ayudaré —respondió Alfredo.

—Polina, lo estás enseñando bien —recalcó Luis.

—Mientras tanto, voy a la habitación de mis padres para cambiarme. Traigo tres pares de pantalones y tres calzoncillos.

—¿Por qué? —preguntó Polina.

—Porque limitan la cantidad de libras de equipaje que puedo traer. Quería traerles ropa a mi hermano y a Papi. Traje algo para ti, Polina, un par de bolsas de café para mis padres y algunos otros regalos.

—¡Pues tendrás que darle una a Ofelia, la chismosa del comité! —dijo Reimunda.

Nos reímos a carcajadas.

Más tarde, mientras hablábamos de los viejos tiempos alrededor de la mesa, Luis comentó lo feliz que estaba en los Estados Unidos. La forma en que describía Miami me hacía imaginarlo como un lugar hermoso, como algo sacado de un cuento de hadas. Después de tantos años viviendo en la nueva Cuba, no podía concebir un lugar así. Me pregunté cómo sería vivir allí.

Polina y Alfredo miraban a Luis como si fuera una celebridad, haciéndole muchas preguntas, acompañadas de expresiones de asombro. Hasta este momento, nunca había imaginado la vida fuera de Cuba.

Luego, mientras recogía la mesa con la ayuda de Alfredo y Polina, Luis preguntó:

—Tomás, ¿estás seguro de que no quieres que los reclame a ti y a tu familia? Te lo he preguntado muchas veces, hermano, pero deberías pensarlo.

Tomás se quedó callado y miró hacia abajo.

—Nuestros padres están aquí. La abuela está aquí.

—¡No me uses como excusa! —gritó Reimunda—. ¡Siempre culpándome por todo! Deberías ir a buscar tu felicidad. ¡No está aquí! Si crees que lo está, entonces debes examinar tu cerebro. Nos moriremos algún día, ¿y luego qué? ¿Crees que esto va a mejorar?

Mis suegros se hicieron eco de las palabras de Reimunda.

Miré a Polina, pero no pude descifrar lo que pensaba. Tal vez, esta sería nuestra única oportunidad de irnos. No sabía qué hacer.

1979

—Mis padres también quieren irse —dijo Alfredo—. Un tío mío los va a reclamar. Me pidieron que no se lo dijera a nadie.

Todos lo miramos con asombro, incluso Polina.

—Creo que sería bueno conocer a mis primas en Miami. Después de todo, siempre quise tener una hermana —dijo ella.

Tomás miró a su hermano y habló con las manos.

—Eso cuesta demasiado dinero. Tienes a tu familia. No puedes asumir esta responsabilidad.

—Déjame preocuparme por esas cosas. Comenzaré a trabajar con el abogado en cuanto regrese. ¿Y ustedes? ¿mami, papi, abuela? ¡Ustedes también deberían venir!

—Somos demasiado viejos —dijo Clara—. El seguro de salud es costoso en los Estados Unidos y no queremos ser una carga para nadie. Nuestro tiempo ha pasado. Tenemos que ser realistas. Tú y tu hermano son jóvenes y pueden empezar de nuevo. Nuestro lugar está aquí, con tu hermana y tu abuelo. Cuidaremos de nuestros muertos, mientras ustedes se preocupan por vivir.

Las dos semanas que Luis estuvo en Cuba pasaron volando. Aprendimos que esos dieciocho años transcurrieron a un ritmo más lento en Cuba que en los Estados Unidos. Luis estaba tan ocupado todo el tiempo entre el trabajo, la familia, las actividades de sus hijas, los eventos deportivos y las reuniones con amigos que deseaba que el día tuviera cuarenta y ocho horas, porque no era lo suficientemente largo como para cumplir con todo lo que necesitaba hacer. Mientras tanto, nosotros pasábamos los días esperando un mejor mañana, sin la capacidad de cambiar nuestra realidad, como lo había logrado Luis en los Estados Unidos. Eso hacía que nuestros días fueran tan largos. Sin embargo, de alguna manera, nos manteníamos firmes en la fe de que las cosas cambiarían algún día.

Antes de que Luis se fuera, reuní algunas fotos de Polina y del resto de la familia y se las di. No quería que nuestra historia se quedara atrás.

Cuando acepté la propuesta de que Luis nos sacara de Cuba, no entendí que había abierto una puerta que nos llevaría a un punto de no retorno.

En Miami no solo nos esperaba nuestro futuro, sino también la llave para descubrir aquel secreto que Claudia guardó tan celosamente.

Capítulo 24
Maritza

La boda

Laritza, la amiga de Polina, se casaría con el joven que había conocido en Marianao, el mismo con quien bailó durante los quince de Polina. Como dama de honor, Polina se sentía feliz, casi tan feliz como el día de sus quince años.

—Mami, ¿cómo se ve mi pelo? —me preguntó después de aplicarle lápiz labial rojo a sus labios. Ella estaba de pie frente al espejo y yo no podía creer que ya fuera más alta que yo. Una de nuestras vecinas la había peinado. El cabello le había crecido tres o cuatro centímetros desde su último corte y ahora le llegaba hasta la mitad de la espalda.

Polina llevaba un vestido largo y rojo que le había hecho con la tela que Luis me había enviado. Contrastaba perfectamente con su cabellera negra y su tez clara. Largos rizos enmarcaban su rostro haciéndola lucir bella e inocente. Polina cursaba el doceno grado y aún, ella y Alfredo eran inseparables.

Le compré los zapatos de tacón negros a un hombre que hacía zapatos con materiales robados al gobierno. Para entonces, robarle al gobierno se había convertido en una forma de vida. Algunos lo justificaban con la lógica de que *'ladrón que roba a ladrón* (en este caso, Fidel Castro) *tiene cien años de perdón'.*

Laritza había insistido en invitar a toda nuestra familia, incluso a Reimunda, a quien quería como a su propia abuela.

El día de la boda, alquilamos un carro para llegar a la iglesia. Y allí estábamos, sentados en un banco, mientras el sacerdote leía versículos de la Biblia, con los ojos fijos en la hermosa novia y en Polina, quien brillaba como un faro.

Cerca del final de la ceremonia, Alfredo, que estaba sentado junto a Reimunda, al lado del pasillo, se me acercó y me susurró al oído: —Tenemos un problema.

—¿Qué pasó? —Le pregunté.

—Es Reimunda. Creo que está muerta.

Abrí mucho los ojos y miré en su dirección. Parecía que se hubiera quedado dormida.

—¿Estás seguro?

—Creo que sí. La toqué. Está empezando a enfriarse.

Respiré hondo. Tomás me preguntó qué estaba pasando, pero no pude decírselo en ese momento, no cuando la ceremonia aún estaba en curso. Le pedí a Alfredo que saliera a ver si alguien podía llevarla a un hospital. La iglesia estaba cerca de un vecindario residencial, así que, con suerte, alguien del área podría ser propietario de un automóvil.

Alfredo miró a Polina. Ella le dio una mirada inquisitiva antes de que él comenzara a caminar por el pasillo entre la fila de ventanas y bancos. Cuando Alfredo regresó, la ceremonia había terminado y la gente salía de la iglesia. La familia se quedó allí para tomar fotos. Yo me había sentado junto a Reimunda y le había pedido a Tomás que entretuviera a sus padres. No quería que se alarmaran.

Cubrí a Reimunda con un suéter. Estaba helada y no respiraba, pero parecía tan pacífica. Yo quería llorar. Este hermoso ángel con forma de mujer había muerto como había vivido, rodeada de su familia y en la presencia de Dios. Pero yo no podía decírselo a nadie.

Luego de que terminaran con las fotos, le dije a Polina que fuera a la recepción. Le expliqué que Reimunda no se sentía bien y que la llevaría al hospital.

—Por favor, no la molestes ahora —le dije. Solo vete. Ella está dormida.

—Pero tiene un color extraño —notó Polina.

—Tenía dolor, así que eso es normal. No debes dejar que tu mejor amiga se preocupe el día de su boda. Por favor, quédate con ella.

Polina y Alfredo se despidieron y se apresuraron hacia la puerta de la iglesia para reunirse con la familia de Laritza. Alfredo entendió, por la forma en que lo miré, que no quería que le dijera nada a Polina, y asintió para que me diera cuenta de que me había entendido. Tomás seguía preguntándome qué estaba pasando y le rogué que mantuviera la calma hasta que estuviéramos solos.

Levanté la vista y noté que un hombre de pelo blanco, grueso y con bigote estaba entrando en la iglesia. Me excusé y caminé hacia él.

—Estoy aquí para llevar a su pariente al hospital —me dijo.

—Un momento, por favor. ¿Puede sentarse por unos minutos? —Le dije.

—Por supuesto.

—Mejor aún, ¿podría explicarle al sacerdote lo que está pasando? Necesito decírselo a la familia de mi esposo antes de que el sacerdote venga a administrar los santos óleos, aunque ya sea demasiado tarde.

—Entonces, ¿está muerta? —preguntó.

Coloqué mi dedo índice frente a mis labios, perpendicularmente.

—No lo saben —susurré.

—Lo siento. No lo sabía.

Cuando ya todos se habían ido, me paré enfrente de mis suegros y de Tomás, insegura de cómo darles la noticia. Una parte de mí pensó que tal vez ya lo sospechaban.

La boda

—No quería decirles nada hasta que estuviéramos solos. No quería estropear la boda de Laritza. Lo siento mucho.

Comencé a llorar, sin poder controlarme por más tiempo.

—Dios se llevó a nuestra querida Reimunda —les dije. Ahora está en un lugar mejor. ¡Libre al fin!

Clara dejó escapar un grito.

—¡No puede ser! Se veía tan bien. Pero ¿qué pasó?

—Se quedó dormida en los brazos de Dios —le dije. No podemos decírselo a Laritza porque ella pensará que es un mal presagio.

Tomás caminó hacia su abuela y la abrazó.

—Abuelita, ¿por qué nos dejaste tan pronto? Y ahora, ¿quién contará tus historias?

Cada uno de nosotros nos turnamos para abrazarla, pero se hizo evidente que ya no estaba allí: era solo una cáscara de la extraordinaria persona que había sido.

Capítulo 25
Polina

Las pérdidas

Grandes pérdidas, como las de tía Claudia y de abuela Reimunda, dejaron un gran vacío en mí y, sin embargo, me completaron. Estas pérdidas me enseñaron sobre el significado del amor. Me ayudaron a intimarme más con él, a entender su idiosincrasia y su naturaleza temporal.

Cuando la abuela Reimunda murió en la iglesia, en la casa de Dios, me enojé. No estaba lista para perderla. Ella no estaba enferma. Aún discutía y decía verdades. ¡La necesitaba tanto! Quería escuchar sus historias, tomarla de la mano y aprender de su sabiduría.

La abuela Reimunda tenía razón.

La vida no me había preparado para el *tsunami* que se avecinaba. Estas pérdidas me ayudaron a prepararme, pero fueron solo el comienzo.

Tal vez, Dios sabía lo que estaba haciendo, después de todo. Tal vez, esta fue su manera de salvar a uno de sus ángeles del dolor que habría tenido que soportar si hubiera vivido un mes más.

Capítulo 26
Maritza

La embajada del Perú

Habíamos pasado muchas veces, en autobuses públicos, por la Embajada de Perú en la Quinta Avenida de La Habana, pero nunca le había prestado atención al modesto edificio blanco de dos plantas que se convertiría en el centro de nuestro universo durante los momentos más difíciles de nuestras vidas.

Todo comenzó el 1.º de abril de 1980, cuando un grupo de hombres, mujeres y niños estrelló un autobús contra el portón de la embajada para solicitar asilo político. Aquellos dentro del autobús estaban desarmados. Sin embargo, cuando los guardias que protegían la entrada comenzaron a disparar, sus propias balas le causaron la muerte a uno de los de ellos. Poco después, Castro les pidió a los funcionarios de la embajada que entregaran a los solicitantes de asilo. Cuando estos se negaron, Castro retiró a los guardias de seguridad.

La noticia se extendió rápidamente por toda Cuba. Al darse cuenta de que este evento representaba una oportunidad única, muchas personas emprendieron su viaje hacia la embajada para unirse a quienes pedían asilo.

Durante la noche del 4 de abril de 1980, Alfredo llegó a nuestra casa con una pequeña bolsa de lona.

—Esta es nuestra oportunidad —dijo. Si pedimos asilo político, podremos irnos más pronto. Tenemos que decidir ahora, antes de que sea demasiado tarde.

Los vecinos parecían inquietos; incluso algunos se reunieron en las casas de quienes tenían familiares en el extranjero para preguntarles por sus planes. Solo Alfredo sabía que teníamos la intención de irnos, por lo que nadie anticipó nuestro próximo paso.

Alfredo había hecho arreglos para que un auto nos trasladara a la embajada. No sé qué estábamos pensando cuando decidimos llevar a un joven de dieciocho años al infierno. Tal vez las palabras que Reimunda nos dijo facilitaron nuestra decisión. Tomás miró a Alfredo, se rió sarcásticamente y le estrechó la mano.

—¿Y tus padres? —Le pregunté.

—Me dirán que no lo haga, que siga esperando las visas. Estoy cansado de esperar. Esta es la única oportunidad que tengo de irme al mismo tiempo que Polina.

—Tomás, ¿podemos hablar en privado? —pregunté, temerosa de que mi esposo estuviera tomando una decisión apresurada.

Tomás y yo nos excusamos y fuimos a nuestra habitación.

—¿Has pensado bien esto? ¿Estás planeando ir a la embajada con ese niño?

—Ese niño es más alto y fuerte que yo. Y tiene razón. Pedir asilo político es una buena solución. No se sabe cuánto tiempo le tomará a mi hermano terminar el papeleo de nuestras visas. Requiere tiempo y dinero, lo cual supone una gran carga para él.

Colocó los brazos alrededor de mí, me acercó y me besó.

—Solo sé que te amo, pase lo que pase —dijo—. Y ahora, necesito hacer una llamada. Vamos.

Llevaba un par de pantalones cortos de color carmelita y una camiseta blanca, por lo que tomó la camisa que había dejado encima de una silla y se la puso. No se molestó en abotonársela y, de nuevo, nos reunimos con Alfredo y Polina en la sala. Antes de salir del apartamento, le pedimos que se preparara.

131

Para entonces, Concha se había mudado para México, así que fuimos a casa de alguien conectado con el gobierno, la única persona en nuestra cuadra que tenía un teléfono. Le explicamos a la mujer que abrió la puerta que teníamos una emergencia y que necesitábamos usar su teléfono. Nos dejó entrar y nos llevó a su pequeña sala, pero se detuvo junto a nosotros y esperó. El teléfono estaba en una mesita de madera junto a un sofá verde. Sin agarrar el auricular, Tomás y yo nos miramos y luego dirigimos la mirada a la mujer de mediana edad.

—Ay, lo siento —dijo—. Parece que quieren tener privacidad. Bueno, los dejo aquí y pronto regreso.

Cuando al fin estábamos solos, Tomás marcó la casa de un vecino de sus padres en Marianao. Saludó al hombre que respondió en tono amistoso, como si lo conociera bien.

—Perdone que lo moleste, pero es importante que hable con mis padres —dijo. ¿Puede pedirles que vengan al teléfono?

Esperamos por un rato. Por fin, su madre lo saludó.
—¿Está todo bien?

—Mami —dijo Tomás, tratando de mantener un tono bajo de voz—. Hay algo que debemos hacer esta noche. Seguro que has visto las noticias. No voy a entrar en detalles. No sabemos cuánto tiempo pasará antes de que podamos volver a hablar. ¿Me entiendes?

Permaneció en silencio. Podía escuchar a su madre llorar. Tomás esperó mientras su mamá le explicaba a su esposo lo que estaba pasando. Entonces escuché la voz de José.

—Hijo, haz lo que es correcto para ti y tu familia. Entendemos. ¡Que nuestra Virgencita de la Caridad los proteja!

—Gracias, viejo. Los quiero a los dos.

Regresamos al apartamento y comenzamos a prepararnos. Para entonces, el amigo de Alfredo había llegado.

La embajada del Perú

Sin saber qué esperar, llevamos un par de bolsas con algunos artículos: azúcar prieta, dos latas de leche condensada que habían sido cocinadas a presión, algunas botellas llenas de agua, papel higiénico, algunas cucharas y un abrelatas. En el último minuto, también agarré una sábana y la metí en una de las bolsas.

Cuando el auto nos dejó frente a la embajada, en la Quinta Avenida, no podíamos creer la cantidad de personas que ya estaban dentro, más los cientos que llegaban.

—Vamos a brincar la cerca —sugirió Alfredo—. Hay demasiada gente en la entrada.

Tomás y Alfredo nos ayudaron a Polina y a mí a entrar primero. Dos hombres del otro lado nos ayudaron a bajar. Luego, Tomás y Alfredo se unieron a nosotros.

La gente había comenzado a sentarse o acostarse en el suelo alrededor del edificio para prepararse para una noche bajo las estrellas. Pero nada nos preparó para lo que sucedió una hora después de nuestra llegada.

Las piedras y las botellas comenzaron a volar desde afuera de la embajada hacia los solicitantes de asilo. Escuché a la gente gritar, pero los proyectiles seguían llegando. Vi a una madre agarrar a sus dos hijos y correr hacia el edificio.

—Vamos —le dije a mi familia—. Síganme.

—¿A dónde vas? —preguntó Polina.

—¡Por favor, sígueme!

Lo hicieron y fui en la dirección de donde corrían algunas mujeres con sus hijos, abriéndose paso entre el mar de personas a nuestro alrededor que trataban de protegerse de las rocas. Otros, que habían sido heridos, también corrían en mi dirección.

Por fin, entramos al edificio, donde había un saloncito con un lavabo. Vi a la madre con los dos niños, que parecían asustados, mientras la madre los abrazaba con fuerza contra su cuerpo. Nos reunimos en un rincón, mientras más personas entraban, muchas con rostros ensangrentados, dientes astillados o cabezas rotas.

—Mami, ¿qué está pasando? ¿Quién está haciendo esto? — preguntó Polina con lágrimas en los ojos. Ahora, ella había sido testigo de lo que el monstruo podía hacerles a quienes disentían.

Un hombre que estaba parado cerca de Polina le respondió:

—Esos son grupos organizados por Castro y sus hombres. Quieren aterrorizarnos de noche porque no quieren que el mundo vea lo que está sucediendo. Pero no me importa cuántas piedras y botellas nos tiren. No regresaré. ¡Tendrán que matarme!

Otros hombres a mi alrededor comenzaron a hacerse eco de esas palabras, mientras las madres abrazaban a sus hijos y los heridos se lavaban los rostros ensangrentados bajo el lavabo y contenían la sangre con un paño o con cualquier cosa que pudieran encontrar.

Nos alojamos allí durante mucho tiempo. Debe de haber sido alrededor de la medianoche cuando logramos salir de nuevo.

Encontramos un lugar entre los terrenos repletos de gente que rodeaban la embajada y allí, a la intemperie, nos quedamos dormidos.

Mientras se desarrollaban los acontecimientos en la embajada, los funcionarios peruanos intentaban negociar una resolución. Por la tarde del día siguiente, lo que se conoció como «el cordón» se formó alrededor de la embajada: un grupo de policías impedía que alguien más entrara.

Sin embargo, un par de personas lograron romper la línea policiaca. Un hombre que manejaba una ambulancia atravesó el cordón en la parte trasera del edificio, detuvo la ambulancia junto al muro y brincó hacia el otro lado. Un policía que viajaba en una motocicleta (le llamábamos *caballito*) también condujo hasta la cerca y saltó. Los demás solicitantes de asilo le permitieron quedarse.

Las condiciones en los terrenos de la embajada eran pésimas. No habíamos podido bañarnos. A medida que las personas se quedaban sin comida, no tenían necesidad de defecar. Orinábamos donde podíamos, muchos junto al cercado. Cuando las mujeres teníamos que hacerlo, los hombres nos protegían parándose de espaldas para darnos la mayor privacidad posible. Las personas nos ayudábamos mutuamente, pero nos aferrábamos a nuestro pedacito de tierra. Si alguien se levantaba para ir al baño, cuando regresaba, su espacio ya había sido ocupado por otra persona. Por lo tanto, algunas personas tuvieron que subir al techo de tejas para dormir.

Estiramos nuestra comida lo mejor posible. Sin embargo, le dimos la mitad de una lata de leche condensada horneada a una madre con niños pequeños. Al tercer día, nuestra comida se había agotado. Cuando la poca comida que todos habíamos traído a la embajada se agotó, engañamos a nuestros cuerpos bebiendo agua de un grifo para que pensaran que estábamos llenos. Cuando el agua que trajimos se agotó, uno de nosotros volvió a llenar nuestras botellas para no tener que salir de nuestros lugares.

A diferencia de otras veces en casa, cuando Tomás y yo comíamos un trozo de pan como desayuno para guardar la leche para Polina, esta vez, no pudimos ayudarla.

—Me duele mucho el estómago, mami —dijo con lágrimas en los ojos.

—Lo sé, cariño. El mío también. Sigue bebiendo agua. Eso pasará.

Y así fue.

Perdí la noción de los días que estuve allí.

Por la noche, cuando todos dormían, unos hombres, de quienes los solicitantes de asilo creíamos que estaban vinculados a Castro, intentaron infiltrarse en nuestro

135

grupo. Eran fáciles de detectar. Los solicitantes de asilo teníamos un olor a podrido reconocible por tantos días sin bañarnos y durmiendo en el suelo, y nuestros zapatos y nuestras ropas estaban sucios. Los que irrumpieron después tenían los zapatos limpios y olían bien. Cuando los hombres que estaban dentro veían a un hombre con ropa limpia, lo echaban de la embajada.

Un día, los funcionarios de la embajada se enteraron de que el gobierno había organizado una manifestación frente a la embajada. Anticipando que nos lanzarían más piedras y botellas, el embajador le pidió a la gente que entrara. Las mujeres y los niños entraron en un edificio y los hombres en otro. No quería separarme de mi esposo, así que Polina y yo nos unimos a él y a Alfredo en el edificio asignado a los hombres. Allí tuvimos acceso a un baño. Eso fue una bendición, ya que Polina estaba en el tercer día de su período y no había podido lavarse. Durante los primeros días, alguien le había dado algunas almohadillas femeninas. Al tercer día, corté la sábana que había traído en pedazos para usarla como almohadillas.

No sé cuánto duró el desfile. Algunos de nosotros podíamos verlo a través de las ventanas. La gente llevaba grandes carteles: «Fuera la escoria», «Fuera los antisociales». «Que se vayan»

Después de ver la manifestación y la ira de los manifestantes que habían inundado la Quinta Avenida, Polina me preguntó:

—¿Por qué? ¿Qué les hemos hecho?

Reimunda tenía razón. Tenía mucho que enseñarle a Polina, pero no tenía la energía para hacerlo en aquel momento. Solamente le contesté:

—Porque al venir a esta embajada con nuestras familias, les estamos enviando un mensaje muy fuerte al mundo. Están tratando de asustarnos. Ojalá hubieras sabido lo que era ser libre. Esta es nuestra oportunidad de demostrártelo.

Polina me miró a los ojos y permaneció en silencio.

A pesar de las protestas afuera, se sintió cómodo dentro del edificio, sin que el sol horneara nuestros cuerpos. Estábamos irreconocibles después de tantos días sin comer nada o con poca comida. Nuestra piel estaba quemada por el sol y nuestro cabello desordenado. Calculé que habíamos perdido más de un tercio de nuestro peso. Tan hermosa como era Polina, ahora se parecía a las mujeres jóvenes que había visto en documentales sobre los campos de concentración de Hitler.

Mientras esperábamos una resolución, los funcionarios de la Embajada del Perú continuaron las negociaciones con el gobierno cubano sobre la mejor manera de sacarnos del país. No sabíamos cuánto duraría nuestra espera, pero mantenernos fuertes era nuestra única opción. Si alguien nos viera fuera de la embajada, en la facha en que estábamos, luciendo y oliendo como personas sin hogar, sabría que habíamos estado en la embajada y que nuestras vidas estarían en mayor peligro.

En los días siguientes, algunas personas se desmayaron por la falta de alimentos. Para entonces, ya se había desarrollado una crisis humanitaria. Tenía miedo porque si no se hacía algo, muy pronto la gente empezaría a morir.

Hubo momentos en los que pensé que no sobreviviría. Desprovista de energía, agarraba la mano de mi hija y la sostenía, mientras oraba por un milagro.

Dios debe haber respondido a mis oraciones porque un día los trabajadores de dos hoteles cercanos se presentaron con comida en cajitas. La gente corrió a la cerca para tener la oportunidad de conseguir una, pero a Polina y a mí no nos quedaba energía. Tomás y Alfredo se unieron a la creciente multitud junto a la cerca.

Las cajitas estaban siendo arrojadas desde el exterior, por lo que debíamos parecer perros hambrientos que intentaban conseguir alimento.

Mientras Alfredo y Tomás estuvieron alejados de nosotras, temerosa de que no sobreviviera, le dije a Polina algo que no quería llevarme conmigo si llegaba mi momento.

—Mi amor —le dije, acariciando su delgado rostro—, desde tus quince, cuando tu tía Claudia habló con tu papá, intuyo que le confesó un secreto. No ha podido compartirlo conmigo y no sé por qué. Pero si me sucediera algo, por favor, asegúrate de que te lo diga. Sea lo que sea, creo que necesitas saberlo.

—Mami, no hables así. No te pasará nada —dijo y me abrazó. Se sentía tan delgada y frágil.

Por fin, Alfredo y Tomás regresaron con dos cajitas. No nos quedaba otra alternativa que compartirlas.

—Aquí, cómete lo que vayas a comer y dame el resto —dijo Tomás y me entregó una.

Abrí la cajita. Contenía una pequeña porción de arroz y de huevos. Comí menos de la mitad. Cuando le entregué la caja a mi esposo, él preguntó: —¿Ya terminaste? ¿No quieres un poco más?

—No, mi amor. Cómete el resto. Estaré bien.

Sonrió y ferozmente, se comió el resto de la comida.

Eventualmente, las cajitas con comida dejaron de llegar.

A medida que el hambre nos consumía, el embajador, un hombre caritativo, se dio cuenta de que debía hacer algo. Un día, salió de la embajada y regresó con un enorme saco de papas en carrito rojo. Las papas no le permitieron entrar a la embajada. Pero el embajador, un hombre alto y fuerte, de corazón de oro, volvió a salir a buscar otro saco. Esta vez, los militares no lo detuvieron.

La embajada del Perú

No había comida para todos, por lo que los niños y los ancianos recibieron prioridad. Otro día, el embajador les pidió a dos mujeres que entraran a cocinar una olla grande de chícharos y lo distribuyó lo mejor que pudo.

A medida que aumentaba la desesperación por el sustento, la gente comenzó a comerse las hojas y, un día, crearon una pequeña fogata con leña y fósforos y prepararon una gran cazuela de té con la corteza de los árboles. Lo distribuyeron, priorizando a las mujeres, los niños y los ancianos.

El edificio Abreu Fontán

Cuando era niña, nunca pensé que me iría de este lugar. No había conocido a la Cuba de antes de la revolución. Pensé que era normal que de vez en cuando, mis padres tuvieran solo un pedazo de pan con aceite y sal para el almuerzo. Pensé que la abuela Reimunda criticaba la revolución porque no estaba en sus cabales. Yo vivía en una realidad ajena, con una visión distorsionada del mundo.

Los acontecimientos en la embajada y lo que sucedió después me levantaron el velo y me abrieron los ojos. Tal vez la abuela Reimunda tenía razón. Mis padres no deberían haber esperado tanto para decirme la verdad.

Sentada allí, a la intemperie, con piojos en el pelo y oliendo como si la muerte hubiese venido a reclamarme, pensé en los niños del autobús que irrumpieron en la embajada. Ellos entendían. Sus padres no les habían ocultado la verdad. Me preguntaba si se daban cuenta de que sus padres habían cambiado la historia. Ellos y los demás adultos en el autobús abrirían las puertas de la libertad para más de 125,000 hombres, mujeres y niños.

Después de pasar unos diez días en la embajada, el gobierno comenzó a distribuir pases de salvoconducto a los solicitantes de asilo para permitirnos regresar a casa hasta la fecha de nuestra salida del país. Pero muchos de nosotros teníamos miedo de regresar a casa.

El rumor era que grupos organizados por el gobierno les entrarían a golpes a las personas que habíamos estado

en la embajada. Y éramos fáciles de detectar. Nos habíamos convertido en muertos vivientes.

—Oye —le gritó mi madre a uno de los policías que
rodeaban la embajada.

Este se acercó a la cerca.

—Si salimos a la calle para recoger nuestros salvo-
conductos, ¿nos permitirán salir de Cuba? ¿Cómo sé que
no que no nos están mintiendo?

Primero miró a mi madre; luego, sus ojos se volvieron hacia mí.

—Mire, aquí hay un autobús que la llevará al edificio
Abreu Fontán para que la procesen. Entonces le explicarán
lo que sucederá después.

Mami habló con mi padre.

—No podemos quedarnos aquí para siempre —dijo
mami.

Mi padre permaneció en silencio. Había cambiado
mucho desde que llegamos. Era piel (quemada por el sol) y
huesos, con los ojos hundidos. Mamá y Alfredo tenían el
mismo aspecto.

Estaba ansiosa de bañarme. Me sentía asquerosa
porque tuve mi período durante mi estadía en los terrenos
de la embajada. Por suerte, llevaba un vestido. Eso hizo las
cosas un poco más fáciles.

Miré a mi padre y esperé una respuesta.

—Por favor, di que sí —rogué en mi mente.

Pero no sabíamos cuál era la respuesta correcta.

Hacía unos días, cuando las cajitas de comida se
distribuyeron por primera vez, había visto a un padre men-
digando un poco de arroz con huevos para su pequeño
hijo. No había podido conseguir una cajita y regresó con
las manos vacías. Tan hambrienta como estaba, guardé mi
última cucharada de arroz para el niño. Nunca olvidaría
sus grandes ojos, desprovistos de alegría, ni su tristeza
cuando su padre regresó sin una cajita; ni su

desesperación cuando su padre volvió con un poco de arroz en las manos. Vi al niño comer de las manos del padre, mientras él lo observaba.

Ya el niño y su padre se habían ido. Me preguntaba si alguna vez los volvería a ver.

Por fin, mi padre aceptó irse.

El gobierno tenía largas mesas afuera, en un área pavimentada cerca de una cancha de tenis. Hicimos la cola y esperamos a que lleguen nuestros documentos. Luego, nos montamos en el autobús que esperaba junto a la acera. Unos minutos después de nuestra partida, un grupo que esperaba a una cuadra de la embajada comenzó a tirarnos huevos y a gritarnos obscenidades. Confundida, miré a mi madre. Ella estaba sentada al otro lado del pasillo junto a mi padre, en la misma hilera.

—No te preocupes. En el fondo, ellos también quieren irse. Simplemente, no tuvieron el coraje de hacer lo que nosotros hicimos —dijo ella.

Vi pasar la ciudad, salpicada de carteles sobre la revolución: «Libertad o Muerte», decía uno. Este cartel ahora me parecía tan irónico. A medida que nos acercábamos a nuestro destino, fuimos víctimas de otro acto de repudio. El grupo se encontraba en la Avenida 26, cerca del club social Abreu Fontán, donde finalmente nos dejaría el autobús. El grupo de hombres y mujeres reunidos allí era aún más intimidante y vociferante que el anterior. Aunque los dos nos lanzaron huevos y gritaron obscenidades, éste nos lanzó piedras.

—¡Alfredo, cierra la ventana! —le gritó mi madre a mi novio quien estaba sentado a mi lado. Tenía miedo. Si ese autobús se hubiese detenido frente al grupo, estaba segura de que mi vida habría estado en peligro. La ira y el odio emanaban de los ojos de la multitud y de sus puños. ¿Cómo podían sentir tanto desprecio hacia mujeres, hombres y niños que nunca habían conocido?

No vi a ningún manifestante cuando el autobús se detuvo en la rotonda, frente al edificio y me sentí aliviada. Rápidamente, salimos del autobús y entramos. Muchas de las familias que eventualmente se irían por el Puerto del Mariel se habían reunido allí para finalizar los trámites de salida.

Mientras esperábamos, pude usar el baño y asearme un poco. Cuando me miré en el espejo, no me reconocí. Pasé mis dedos por mi cabello para reorganizarlo y una hoja seca del árbol de la embajada cayó al suelo. La recogí y la tiré a la basura. Durante mi estadía en la embajada, mantuve mi cabello recogido en un rabo de mula, pero por la noche, me quitaba la banda del pelo para poder dormir mejor. Me picaba la cabeza, pero tendría que abstenerme de rascarme. Nunca había tenido piojos en mi vida y me avergonzaba.

Salpiqué agua de la pila en mi rostro. El agua fría contra mi piel se sentía refrescante.

Finalmente, me reuní con mi familia. Cuando llegó nuestro turno, nos hicieron muchas preguntas, no solo sobre nuestra información personal, sino también sobre las razones por las que queríamos irnos de Cuba. Afortunadamente, mi padre fue el primero en responder:

—Mi hermano está en los Estados Unidos —dijo.

Cuando fue mi turno, le dije al oficial:

—Mi tío vive en los Estados Unidos.

Alfredo dijo algo parecido.

Después de terminar el papeleo, nos permitieron irnos a casa.

El siguiente desafío era cómo llegar allí, con manifestantes reunidos no muy lejos del edificio. Comenzamos a caminar en la dirección opuesta a donde los habíamos visto. Esperábamos que nadie nos viera. Éramos cuatro, pero no estábamos en condiciones físicas para luchar contra nadie.

Afortunadamente, poco después de que comenzáramos a caminar, Alfredo vio un taxi que venía en nuestra dirección y agitó las manos. El taxista detuvo su auto.

—Necesitamos que nos lleve a esta dirección. Tenemos algo de dinero, pero podemos darle más cuando lleguemos.

—¿Estuvieron en la embajada? —preguntó el hombre de cabello blanco mientras nos examinaba.

—¿Es eso un problema? —preguntó mi padre.

—No. No lo es. Será mejor que se apresuren y entren. He visto grupos de manifestantes por estas zonas y es mejor que no los vean.

Entramos rápidamente al taxi y el taxista presionó el acelerador.

Capítulo 28
Polina

Nuestro hogar

El conductor se negó a aceptar más dinero del que teníamos encima y nos deseó suerte antes de que saliéramos del taxi.

—Espero que tengan una gran vida en los Estados Unidos —dijo con una sonrisa amarga.

Mi padre le estrechó la mano y le dio las gracias.

Mientras caminábamos hacia nuestro edificio, un par de vecinos nos miraron desde el otro lado de la calle, como si fuéramos extraños.

—Alfredo, es mejor que entres, te bañes y te vayas con la ropa de Tomás. Es peligroso para ti caminar por el vecindario luciendo así.

Estuvo de acuerdo.

Cuando entramos en el apartamento, hacía calor, pero me sentía feliz de estar en casa. Estaba exactamente como lo dejamos: limpio y organizado, amueblado con una mesa cuadrada con cuatro sillas y un refrigerador en el comedor, y con un sofá, dos sillones y un viejo televisor en blanco y negro en la sala. El reloj en la pared del comedor marcaba la una de la tarde, pero era mucho más tarde. Entonces, noté que el segundero no se movía.

Consideré ir a mi habitación para verificar la hora en el reloj de mi mesa de noche, pero me di cuenta de que no importaba. En nuestra nueva realidad, el tiempo había perdido su importancia.

La idea de tomar una ducha me agradaba, sin embargo, estaba más interesada en comer algo. La poca comida que teníamos en el refrigerador estaba demasiado vieja y el pan estaba duro. Aun así, corté un pedacito para dejarles un pedazo a Alfredo y a mis padres.

—Tengo hambre —le dije a mamá.

—Podría hacer un poco de arroz amarillo y pollo —dijo mi madre—. Eso es todo lo que tengo.

Mis ojos se iluminaron de aprobación. Abrió el congelador.

—Parte del hielo se derritió —dijo—. Probablemente perdimos la electricidad durante unas horas, pero el pollo se ve bien.

Mientras esperaba que Alfredo terminara de bañarse, me serví un vaso de agua fría. Habían pasado unas dos semanas desde la última vez que probé el agua fría y se sentía celestial. Le serví a mi padre en un vaso. Estaba sentado en el sofá, mirando las fotos en la pared, varias de él, mami y yo cuando aún era niña. Entonces, sus ojos se centraron en mí.

—Todas estas fotos tendrán que quedarse —dijo.

—Lo sé —le respondí—. Te quiero, papi.

—Yo también a ti, *mi'ja*. Lamento mucho haberte hecho pasar por tanto en los últimos días. Te vez tan diferente a cuando salimos de este apartamento. Nunca me perdonaré por todo lo que pasaste.

—No te preocupes, papi. Pensaste que era lo mejor.

No dijo nada. Se levantó y caminó hacia la parte trasera del apartamento. Al entrar a su habitación, cerró la puerta.

Mami sirvió nuestra comida dos horas más tarde, después de que todos nos habíamos bañado. Se sentía rico de no oler a muerte.

Comimos nuestra primera cucharada de arroz. Sin embargo, después de tantos días con poca comida, no pudimos comer mucho, aproximadamente la mitad de lo que mi madre nos sirvió. El resto se quedó para el día siguiente. No podíamos darnos el lujo de desechar ningún alimento.

Mientras comíamos, escuchamos algo estrellarse contra la puerta de entrada. Mi padre fue a comprobar lo que estaba pasando. Alguien había tirado dos huevos contra la puerta y el líquido pegajoso había rodado hasta el pasillo de granito.

Eso nos dijo que la gente del vecindario sabía dónde habíamos estado y que ahora nos habíamos convertido en enemigos.

—Alfredo, ¿estás seguro de que no tendrás ningún problema yendo solo a casa? —preguntó mi madre.

—Estaré bien —dijo—. Estoy cansado. Necesito dormir. Mis padres no saben nada de mí y deben de estar preocupados.

—Sí, tienes razón. Probablemente deberías irte. Me imagino que en par de días sabremos algo, por lo que debes quedarte en tu casa hasta que te vengan a buscar.

—Lo haré —dijo.

Alfredo les dio las gracias a mis padres antes de irse. Luego, vestido con la ropa de mi padre, que le quedaba grande, agarró mi mano y salimos al pasillo.

—Te extrañaré —dijo.

—Yo también a ti.

Me besó los labios. Era la primera vez que nos besábamos desde que entramos en la embajada. Había extrañado mucho sus labios. Olían fresco, ya que se había lavado los dientes con los dedos y con la pasta de dientes de mis padres.

—Cuídate mucho. ¿Me lo prometes? —dije mientras apretaba sus manos.

—Si sobrevivimos al infierno durante todos estos días, puedo sobrevivir cualquier cosa. Estaré bien.

Nos abrazamos. Podía sentir los huesos de sus costillas frotándose contra los míos.

Nuestro hogar

—Nos veremos pronto —dijo.

Quería acompañarlo a la acera, pero él no creía que fuera seguro para mí estar fuera de casa. Entonces, me quedé junto a la puerta de mi apartamento, viendo como se alejaba.

Capítulo 29
Polina

La visita

Alguien tocó la puerta a las 3 de la madrugada. Asustada, abrí los ojos y esperé. Nadie respondió, pero los golpes continuaron, esta vez más fuertes que antes.

Estaba a punto de levantarme para alertar a mis padres cuando escuché pasos procedentes de su habitación, seguidos del crujido de las bisagras.

—Buenos días —dijo mi padre.

—Estamos aquí para llevarte a ti y a tu familia con nosotros —dijo una voz masculina, lo suficientemente alto como para que pudiera escucharla desde mi habitación. Le dio a mi padre los nombres de las personas que venía a recoger.

—Por favor, entre —dijo papá—. Despertaré a mi familia. ¿A dónde vamos?

—No puedo responder ninguna pregunta. Necesitan darse prisa —respondió el hombre de manera autoritaria—. Y no traigan nada. Todas sus pertenencias deben quedarse.

Me levanté y encendí las luces. Entonces escuché un suave golpe en la puerta de mi habitación.

—Sí, papi. Ya escuché. Me estoy preparando.

—Iré a despertar a tu mamá.

Sentí un nudo en la garganta. Parte de mí no pensó que este momento llegaría. Hacía dos años, celebré mis quince. Luego, mi vida se descarriló: primero, con la muerte de dos de las personas que más quería y ahora, con la pérdida de las evidencias de mis años de niñez. Los mechones de cabello que mi madre guardó de cuando era bebé, mis primeras boticas, las fotos que no habíamos podido sacar de Cuba y todos los vestidos que mami, tras largas horas, había confeccionado para mí se quedaban atrás.

¿Volvería a ver a mi amiga Laritza y a mis abuelos? ¿Y cómo nos volveríamos a encontrar Alfredo y yo? ¿Cómo se enteraría de que nos habían venido a recoger? Mi mente se inundó de preguntas que nadie podía responder.

Nos vestimos rápidamente. Con la experiencia de la embajada aún fresca en mi mente, corrí al refrigerador, lo abrí y me serví un vaso alto de agua. Lo bebí y me comí un par de cucharadas de arroz. No quería volver a sentirme tan hambrienta como en la embajada. Mami agarró una lata de leche condensada y un abrelatas de la cocina y los colocó dentro de su bolso antes de que los funcionarios pudieran darse cuenta.

Cuando estábamos a punto de salir de nuestro apartamento, uno de los hombres dijo: —Tu bolso tiene que quedarse.

—Tengo todos mis documentos aquí y productos femeninos. Mi hija está en su período —mintió.

Mi período había terminado cuando estábamos en la embajada.

Me miraron, sacudieron la cabeza y dijeron: —Acaben de salir. Hay un carro esperándolos.

Miré alrededor del apartamento por última vez antes de irme. Quería recordar cómo olía y tallar cada detalle en mi mente: las fotos familiares en la pared, varios cuadernos con los dibujos de mi infancia que Mami había guardado porque creía que yo era una pintora talentosa, la sencilla mesa del comedor donde presencié las cenas con mis padres, las reuniones de familia, las risas y las frustraciones.

La visita

No quería que el paso del tiempo borrara el lugar donde se habían vivido algunos de los momentos más felices de mi vida.

El vecindario estaba tranquilo a esta hora; solo nuestros pasos perturbaban el silencio. Todas las luces en la hilera de portales frente a nuestro edificio estaban apagadas, mientras las luces amarillas de una lámpara en la esquina iluminaban la calle. Noté el árbol de almendros de la esquina. Cuando era niña, me encantaba sentarme debajo de él con Laritza para aplastar con rocas las almendras que caían de él.

Extrañaría a Laritza. Después de su matrimonio, se había mudado a Marianao con su esposo. Ella prometió visitarme. Dijo que siempre seríamos hermanas. Me preguntaba si ahora, al haberme convertido en el enemigo, sentiría lo mismo. Ella había sido muy cercana a mí, pero pensaba que su amistad no había sido suficiente. Siempre quise una hermana que compartiera mi sangre. Tantos años anhelando una y ahora perdería lo único parecido a una hermana que había tenido.

Los dos funcionarios nos pidieron que nos sentáramos en la parte trasera del pequeño *Lada, un* automóvil blanco de marca soviética. Me senté en el medio. Después de que el auto comenzó a alejarse, mis ojos se enfocaron en el parabrisas, por donde pasaban las luces de mi barrio.

—¿Sabe si otro oficial está recogiendo a mi novio? —pregunté—. Su nombre es Alfredo Rodríguez González. Él también vive en este vecindario.

—No tenemos ninguna información —dijo el conductor.

Me preguntaba a dónde nos llevaban. Durante los dos días que estuvimos en casa, esperando, mi padre dijo que no podíamos confiar en ningún funcionario del gobierno. Teníamos que permanecer vigilantes.

La visita

Debimos haber estado conduciendo unos treinta minutos cuando finalmente, llegamos a nuestro destino: el edificio Abreu Fontán. Papi dio un suspiro de alivio.

—Pueden salir ahora y entrar al edificio.

Mi padre les dio las gracias mientras nos acompañaban adentro y una vez más, nos encontramos en un salón lleno de personas como nosotros. Sin embargo, no todos los que estaban allí habían estado en la Embajada del Perú.

El 20 de abril de 1980, Castro anunció que cualquier persona que tuviera familiares en el extranjero podía venir a recogerlos en el Puerto del Mariel. Aprovechó entonces, la enorme cantidad de barcos que comenzaron a llegar. Muchas familias, desesperadas por sacar a sus seres queridos de Cuba, se habían endeudado comprando barcos o pagando a alguien para que trajera a sus parientes.

Castro, viendo esto como una oportunidad para dejar salir algo de vapor de la olla a presión en la que se había convertido Cuba, también vació las cárceles. Además, permitió que fueran quienes se declararan homosexuales. No eran bienvenidos en Cuba.

En cuanto a las personas que estuvieron en la embajada, algunos países, como Costa Rica y Perú, les abrieron sus puertas. Otros viajaron a los Estados Unidos en los barcos que llegaban después de que los funcionarios cubanos en el Puerto de Mariel comenzaran a llenarlos con quienes deseaban viajar.

A menudo, los funcionarios portuarios comprometían la navegabilidad de los barcos al sobrecargarlos. Como resultado, algunas familias no pudieron traer a sus seres queridos, mientras que otras hicieron más de un viaje para sacarlos de Cuba. Algunos perderían sus vidas durante la travesía.

Capítulo 30
Polina

Dejándolo todo

Durante las veinticuatro horas que estuvimos en el edificio Abreu Fontán, seguí tratando de encontrar a Alfredo entre el gentío que entraba y salía, incluso por la noche, cuando mis padres intentaban conciliar unas horas de sueño en sus sillas. Cualquier cosa era mejor que dormir en la tierra, como en la embajada.

En algún momento, debo haberme quedado dormida. Me desperté con dolor de cuello. Mis padres también se habían quedado dormidos con la cabeza hacia adelante. Los observé en silencio. A mi lado estaban las dos personas del mundo que más amaba, siempre anteponiendo mi bienestar por encima del suyo.

Me preguntaba qué otras pruebas nos depararía la vida.

Comencé a sentir de nuevo picor en mi cabeza, lo que me distrajo de mis pensamientos. Todavía teníamos piojos. Nos habíamos lavado la cabeza con un poco de alcohol que teníamos en casa, pero no funcionó muy bien.

Mis padres se despertaron aproximadamente una hora después que yo. Fueron al baño, se enjuagaron el rostro en el lavamanos y luego se sentaron a mi lado. A pesar del poco sueño y de la picazón, mi padre parecía feliz. Habló de todo lo que haría al llegar a Miami. Pensó que, a estas alturas, mis abuelos se habrían comunicado con Luis para contarles lo que había pasado. Sin embargo, mis abuelos desconocían el tiempo que habíamos pasado en la embajada, o lo que sucedió después.

153

Dejándolo todo

Por la tarde, nos llamaron. Después del procesamiento final, un hombre uniformado nos llevó a un autobús grande estacionado afuera. Sin embargo, no proporcionó ninguna información sobre nuestro próximo destino.

Mientras esperábamos a que el autobús se llenara, seguí buscando a Alfredo, pero fue en vano. Pocos minutos después, comenzamos a alejarnos del Abreu Fontán y una vez más, vimos a un grupo de manifestantes gritándonos obscenidades y llamándonos traidores e indeseables. Esta vez, acepté su reacción como mi nueva realidad.

—No tienen el coraje de hacer lo que hicimos —dijo mami, repitiendo lo dicho anteriormente, cuando salimos de la embajada—. No te preocupes.

—No lo hago, mami —dije, desviando la mirada hacia las personas que nos rodeaban.

No estuvimos en el autobús por mucho tiempo. Al llegar a nuestro destino, caminamos por una zona cubierta de hierba, más tierra que hierba, y recordé los terrenos de la embajada cuando nos fuimos. Un oficial nos llevó a una larga fila y nos ordenó que esperáramos. Delante de nosotros, noté el nombre de una estructura que parecía un granero: «El Mosquito».

Mis padres y yo, nerviosos, mirábamos a nuestro alrededor mientras esperábamos.

—Pensé que nos estaban llevando a los botes —le dijo mami a papi después de un rato. Papi se encogió de hombros.

Después de treinta minutos asándonos al sol, entramos en *El Mosquito*. Dentro de la pequeña estructura, había largas mesas y sentadas detrás de ellas, mujeres oficiales. Nos pidieron que nos quitáramos las joyas y que dejáramos todas nuestras pertenencias sobre la mesa. Por suerte, habíamos terminado la lata de leche condensada que mami había traído de casa. Sin embargo, me preocupaban mi cadena de oro y mi anillo, los únicos artículos que tenía para recordarme a mi abuela Reimunda. Ignoré las órdenes, pero cuando llegó mi turno de pararme frente a las oficiales, la mujer notó mis joyas. Mientras tanto, a mis padres se les ordenó que fueran a otras mesas.

—Necesito que te quites la cadena y el anillo y los coloques sobre la mesa —ordenó la mujer.

—Son regalos de mi bisabuela, lo único que tengo de ella.

—No me importa de quién sea el regalo. ¡Todo debe quedarse!

—¿Pero por qué?

—Colócalos sobre la mesa. ¡Es una orden!

Dijo esto con una voz masculina y dominante. Mientras lo hacía, se puso de pie. Era alta y pesada, de una figura imponente. La miré y comencé a quitarme la cadena y luego el anillo. Los deposité sobre la mesa junto con las pertenencias de los demás.

—¿Tienes algo escondido en tu ajustador?

—No, claro que no —le dije.

Ella le dio la vuelta a la mesa y me ordenó que levantara los brazos. Primero, me dio unas palmaditas en mi parte trasera. Afortunadamente, llevaba pantalones porque las palmaditas resultaban más invasivas de lo que pensaba. Antes de revisar la parte delantera de mi cuerpo, me preguntó una vez más si había escondido algo en mi ajustador. Sacudí la cabeza negativamente. Mientras me miraba, puso las manos sobre mi pecho. Luego agarró mis senos con las manos y les dio dos o tres apretones firmes. Me sentí violada, pero sabía que, si me atrevía a decir cualquier otra cosa, mi situación podría empeorar. La forma en que me miraba y su sonrisita, mientras me tocaba, me dieron asco.

—Puedes irte ahora —dijo.

Mientras me alejaba, me volteé un par de veces para ver la cadena y el anillo que había dejado atrás. Sin darse cuenta, la oficial había provocado en mí sensaciones que nunca había sentido hacia nadie. Me enseñó el significado del odio, un sentimiento que todo lo consume. Nunca pensé que sería capaz de experimentarlo, pero la odiaba. La despreciaba a ella y a todo lo que ella representaba.

Podía sentir que mi corazón se aceleraba cuando salí del granero para esperar por mis padres, pero ya habían terminado. Los abracé a ambos cuando los vi. Necesitaba sus abrazos y su amor para borrar lo que sentía.

Verlos me ayudó a aliviar mi ansiedad, pero no por mucho tiempo. Después de caminar un corto tramo, nos encontramos en un campo lleno de familias y policías armados, algunos con perros policía. No entendía por qué necesitaban armas y perros.

Delante de nosotros, notamos una estructura mucho más grande que la de la que habíamos salido. La gente caminaba hacia ella, así que los seguimos. En el interior, vimos docenas de camas.

—¿Por qué necesitamos camas? —le pregunté a mami.

—No lo sé. Todo lo que sé es que estamos asignados a un grupo y que tenemos que esperar nuestro turno. Eso es todo lo que me dijeron.

Desde la entrada de la gran estructura, miré a mi alrededor, preguntándome si Alfredo estaría allí, entre todas esas personas. No pude divisarlo. Entonces, mi atención se dirigió a un fregadero en la entrada de la estructura.

—Tengo sed —le dije a mis padres—. Iré a beber un poco de agua.

Dejé a mis padres por un momento, abrí el grifo y comencé a beber. El agua estaba caliente, pero bebí todo lo que pude. También me eché un poco de agua en el rostro para refrescarme, mientras pensaba en mis abuelos y en

Alfredo, y en cuánto tiempo pasaría antes de volver a verlos.

El Mosquito

Mientras estábamos en el campamento, conocimos a Laura, una madre que viajaba sola con sus tres hijos, de quince, trece y once años (dos niñas y un niño). El 25 de abril, mientras Laura hablaba con mami, su niña de trece años se fue de su lado para ir a buscar un baño. En el momento en que Laura se dio cuenta de que su hija se había ido, comenzó a buscarla frenéticamente. Nosotros también la ayudamos.

Quince minutos después, la niña regresó llorando, con el rostro enrojecido. Laura le gritó a su hija:

—¡Lynette, me estaba volviendo loca buscándote! ¡Te dije que no te fueras de mi lado!

Lynette siguió disculpándose y llorando. Su largo cabello castaño parecía sudoroso y desordenado.

—Fue horrible, mami. Le mordieron los senos. ¡Un perro policía tumbó a una mujer embarazada al suelo y la mordió!

Este evento alarmó mucho a mami.

—Tenemos que irnos de este lugar —repetía, mientras miraba a nuestro alrededor—. No sé qué haría si algo le pasara a mi familia. Por favor, Polina, no te vayas de mi lado, ¿me escuchas?

—No lo haré —le aseguré mientras mi padre nos observaba con una mirada de preocupación.

Por fin, un par de horas después de la puesta del sol, un funcionario con un altavoz en la mano comenzó a llamar a algunas personas del campamento. Estas eran dirigidas a un autobús que esperaba a cien metros del oficial. La gente se congregó a su alrededor y esperó, con la esperanza de que fueran llamados.

De pie, en aquel campo cubierto de hierba, bajo un cielo oscuro desprovisto de estrellas y bajo el resplandor amarillo de las luces del campamento, escuché a mi estómago gruñir. Solo habíamos tenido una comida desde nuestra llegada al campamento. Sin embargo, eso era mejor que nada. Cualquier cosa era mejor que el té de la corteza de árbol.

Seguimos escuchando nombre tras nombre. Después de un tiempo, llegamos a la conclusión de que el autobús estaba cerca de su capacidad y que esa noche no nos iríamos. Luego, escuchamos el nombre de mi padre, seguido del de mi madre y el mío. Mami me apretó el brazo.

—Gracias, Dios —susurró.

Según las instrucciones, comenzamos a caminar hacia el autobús. Ya casi era hora de dejar la tierra que me vio nacer y tenía miedo de dejarlo todo atrás.

Al entrar en el autobús, me fijé en Laura y sus tres hijos. Estaba sentada junto a su hijo, con sus dos hijas al otro lado del pasillo en la misma fila.

—Pronto volverán a ver a su padre, hijos —les dijo—. No puedo creer que hayan pasado casi doce años desde que él salió de Cuba.

Las verdades caían por capas y seguían destapándose ante mis ojos. ¿Cómo podía nuestro gobierno separar a una familia durante tantos años? La idea de estar separada de mami o de papi durante tanto tiempo era inconcebible.

El autobús se llenó rápidamente y luego, comenzó nuestro viaje hacia el Puerto del Mariel. Fue un viaje corto. Después de bajarnos, un oficial nos dio tiempo para usar el baño antes de abordar, un grupo de letrinas para hombres y mujeres. Había bebido tanta agua que tuve que ir.

El Mosquito

Mi madre vino conmigo y se paró frente a mí para darme algo de privacidad.

Momentos después, comenzó el embarque. No lo sabía entonces, pero los guardias nos habían hecho bajar a un barco camaronero. Estaba tan oscuro que apenas podía ver algo. Ayudado por la luz de una linterna, un oficial llamó, uno por uno, a cada persona de la larga fila por su nombre. Finalmente, escuchamos nuestros nombres.

Al descender al barco, ocupamos todos los espacios disponibles y cuando pensábamos que ya estaba lleno, llegó un grupo de hombres sin camisa. Ellos también abordaron la misma embarcación. Más tarde, supimos que Castro había vaciado sus cárceles y que todos estos hombres habían venido directamente de allí. Nos acomodamos lo mejor posible en el poquito de espacio que teníamos y comenzó nuestro viaje por tierras de libertad.

—Estaremos en Miami en unas pocas horas —dijo mi padre—. Estoy ansioso por ver a mi hermano.

No mencionó a mis abuelos, pero sabía que estaban en su mente.

Debe haber habido más de doscientas personas en ese barco, por lo que, para evitar problemas, el capitán se presentó como una figura de autoridad desde el principio. Unos minutos después de abandonar el puerto, se paró en el medio del barco con un megáfono y dijo:

—Soy el capitán de este barco. Fui a recoger a mi familia y regreso con un bote lleno de extraños. En unos minutos, los mares se agitarán más de lo que ya están. Sé que algunos de ustedes no han comido en horas. Compartiré la comida que traje con ustedes. A quienes fueron sacados de las cárceles, tengan en cuenta que si ponen un dedo encima de cualquier hombre, mujer o niño en este bote, no dudaré en ponerles una bala en la cabeza y tirarlos por la borda. ¿Está claro?

Tocó su arma enfundada mientras decía esto.

Asentimos con la cabeza. Momentos después, cuando los fuertes vientos comenzaron, un bote del guardacostas cubano se acercó y a través de altavoces anunció que otro barco como el nuestro estaba hundiéndose. Muchas familias se estaban ahogando.

Esa noche, a través de la radio del capitán, escuchamos los gritos de quienes luchaban por sus vidas mientras esperaban la ayuda que nunca llegó. Sin embargo, el capitán no podía hacer nada. Nos explicó que nosotros también estábamos por encima de la capacidad del bote y que correríamos el mismo destino si los ayudábamos.

Saber que tantos estaban pereciendo en estos momentos debido a las acciones de los oficiales del puerto me causó un gran dolor. Miré hacia atrás, hacia la costa salpicada de luces amarillas. Mis ojos permanecieron fijos en esas luces, hasta que desaparecieron en la distancia. Mi pasado había quedado atrás y, por delante, más allá de las aguas oscuras y tormentosas y de los cielos iluminados por una espectacular exhibición de rayos, me aguardaba mi nueva vida.

Llegué a pensar que nunca llegaríamos a tierra firme. Pensé esto mientras la gente se alineaba a ambos lados del bote para regurgitar y las feroces olas nos mostraban el poder de la naturaleza.

Horas más tarde, las luces del amanecer aparecieron para tranquilizarnos. Delante de nosotros estaban los Estados Unidos de América, el lugar codiciado por tantas personas del mundo.

Allí, descubriría la verdad sobre mi pasado y el secreto de mi tía.

Capítulo 32
Polina

Miami

En los Estados Unidos, nada era como lo había imaginado: desde los hombres y mujeres que se arrodillaban a su llegada a Cayo Hueso hasta los soldados estadounidenses, los trabajadores de la Cruz Roja y los de la Iglesia, que nos saludaban con sonrisas y nos repetían la frase «Bienvenidos a tierras de libertad».

Mientras crecía en Cuba, nos enseñaron los aspectos negativos de los Estados Unidos. Ahora, otra capa de verdad se había revelado ante mí. Vi a un país caritativo. Los trabajadores de la Cruz Roja nos distribuyeron artículos de higiene personal a todos los que llegábamos. El personal médico atendió a los enfermos, entre ellos, a un par de ancianas que tuvieron que ser retiradas en camillas de nuestro barco, el capitán J.H., debido a la deshidratación. Los trabajadores religiosos nos obsequiaron crucifijos y estampitas de la Virgen y de Jesucristo. La gente de Miami y otras organizaciones caritativas habían donado montañas de ropa a quienes llegábamos sin nada.

Mis padres estaban abrumados por tantas emociones mientras caminábamos entre cientos de personas hacia una bandera estadounidense que ondeaba en lo alto, frente al edificio de procesamiento.

—¡Estos son los Estados Unidos! —dijo mi madre, levantando la voz para que no se ahogara en las conversaciones simultáneas y en la emoción de los que llegaban—. Aquí, puedes decir lo que piensas. Aquí no necesitas una tarjeta de abastecimiento. En este país, descubrirás cómo era Cuba antes de la revolución. Por fin, mi amor. ¡Por fin!

Luego derramó lágrimas de alegría, me rodeó con el brazo y me besó la mejilla. Papi la miraba radiante de felicidad.

Los trabajadores nos llevaron a un enorme salón lleno de mesas y sillas. Docenas de trabajadores de inmigración entrevistaban y procesaban la información de las miles de personas que llegábamos. A diferencia del centro de procesamiento en La Habana, en éste, nos brindaron jugo y un sándwich, teníamos acceso a baños limpios y a cómodas sillas. Los trabajadores actuaron amistosamente con nosotros y, al finalizar el proceso, también nos dieron la bienvenida a los Estados Unidos.

El día después de nuestra llegada, un autobús nos llevó a Miami, otro lugar de grandes descubrimientos: rascacielos, gente caminando por las calles en conversaciones animadas, tiendas sin colas, un grupo de hombres jugando al dominó en un pequeño parque...

¡Todo se veía tan bonito! No vi hombres con camisetas ni niños sin camisa. Dos ancianos pasaron hablando en español. Reconocí el acento cubano:

—Chico, Castro destruyó a Cuba — dijo uno de ellos, lo suficientemente alto como para que las personas a su alrededor pudiéramos escucharlo.

Nos alojamos en un hotel en el centro de la ciudad durante un par de días, hasta que un empleado del hotel contactó a mi tío, Luis.

Luego, tuvo lugar el reencuentro entre los hermanos.

Luis se veía tan guapo y saludable en contraste con los esqueletos en los que nos habíamos convertido.

Después de que Luis y Tamara, su esposa, nos llevaran a su casa, ella nos compró los productos necesarios para eliminar los piojos. Nos dimos el tratamiento y una de sus amigas peluqueras se ofreció a cortarnos el cabello. Lloré cuando vi mi largo cabello en el piso de baldosas del salón.

—Volverá a crecer —dijo mami.

—Alfredo nunca me reconocerá —le dije—. Me veo tan fea.

—Te ves tan hermosa como siempre. Esa cara angelical nunca podría ser fea.

Mami tenía una manera especial de hacerme sentir mejor, desde la dulzura de su voz hasta el amor que brotaba de sus ojos.

Y así, comenzamos nuestra vida en Miami. Mi tío, nos mudó a un apartamento que había construido detrás de su casa en la sección suroeste de Miami. Era acogedor, con todo lo necesario, incluso un televisor a color, colocado frente a un sofá de tela floreada y envuelto en un plástico grueso y transparente. Había sido la primera vez que veía televisión en color. No entendía el inglés, pero me encantaba ver las repeticiones del programa *Star Trek*.

Cuando salí de Cuba, estaba terminando el duodécimo grado. No quería repetirlo. Por lo tanto, con la ayuda de mi tío, me inscribí en clases de inglés en el colegio comunitario.

Las artes eran mi pasión, así que, por la noche, cuando todos dormían, dibujaba pinturas de Cuba y de mi nueva ciudad. También dibujé a mis abuelos y a la abuela Reimunda, tal como los recordaba, felices, con la esperanza en sus ojos. Me parecía extraño porque a pesar de que la abuela Reimunda había muerto, a veces sentía como si nunca se hubiera alejado de mí.

Llamábamos a mis abuelos al menos una vez cada dos semanas. Durante una de esas llamadas, finalmente escuché noticias de Alfredo. Había sido enviado a Costa Rica. Quería que lo esperara. Su familia en Miami encontraría la manera de traerlo. Cuando escuché la noticia, sentí como si pudiera respirar de nuevo.

Mis padres me dijeron que yo era demasiado joven y que debía seguir adelante. Me negué. Alfredo me conectaba con Cuba. Me entendía más que nadie. Nuestras experiencias en la embajada habían creado un vínculo indestructible.

Nada mejor que la tragedia para unir a la gente.

Pensaba en Alfredo a menudo. Por la noche, acostada en mi cómodo colchón, revivía los besos que me había robado cuando nos permitían ir a la bodega a comprar la cuota mensual, o las veces que me acompañó a la lechería y me abrazó detrás de un árbol, para luego robarme un beso.

Mis padres pensaron que el paso del tiempo cambiaría mis sentimientos, pero ocurrió lo contrario. Un día, después de mis clases, mami entró a mi habitación y me encontró llorando.

—¿Qué pasa? —preguntó mientras se sentaba a mi lado en la cama y me acariciaba la espalda.

—Lo extraño —le dije.

—Es natural. Él es tu primer amor. Nada más hermoso y puro que nuestro primer amor.

—¿Fue papi tu primer amor?

Ella sonrió.

—No, hubo alguien antes que tu padre.

—¿En serio? Nunca me hablaste de él.

—No tenías la edad suficiente. Además, tu padre se pone celoso.

—¿Celoso? ¿Papi?

—Es muy celoso.

Me reí.

—Entonces, dime. ¿Qué pasó?

—Sus padres eran ricos. Tenía dieciséis años cuando nos conocimos. En ese momento, yo vivía con mi tía Florinda. Después de que murieran mis padres, comencé a coser para algunos de los ricos que habían sido clientes de mi madre. Quería ayudar financieramente a mi tía. Un día, la hija de uno de mis clientes, me invitó a una fiesta. Fue entonces cuando lo conocí. Nuestra química fue instantánea. Venía a mi apartamento todos los fines de semana, me llevaba a tomar un helado y me traía regalos. Era tan guapo, tan alto y tan delgado como tu padre. Sin embargo, sus padres nos visitaron un día. Me dijeron que se iban del país y que querían que mi relación con su hijo terminara. Dijeron que, si realmente lo amaba, lo dejaría ir.

—Entonces, ¿qué hiciste?

—Hice lo que me pidieron. Sus padres se lo trajeron a los Estados Unidos. Unos meses después, recibí una carta de él. Quería continuar con nuestra relación. Le dije que había conocido a otra persona y le deseé buena suerte.

—¿Estabas saliendo con otro muchacho?

—No, todavía no. Conocí a tu padre un año después.

—Eso es muy triste. Pero ¿por qué dejar ir a quien amas? Somos personas diferentes, mami. No puedo permitir que nadie me impida estar con Alfredo.

—Debo confesarte algo. Desde que lo conociste, cambiaste. Siempre nos escuchaste y luego, de repente, perdimos a nuestra niña.

—No me has perdido. Puedo quererlos a los dos.

—Realmente, ¿amas a este chico?

—Sí, mami. Cuando lo conocí por primera vez en la escuela, estaba en un grado por encima del mío, pero se fijó en mí. Le dije que mi tío estaba en los Estados Unidos. No le importó, a pesar de que sus padres trabajaban para el Ministerio del Interior. Era inteligente, divertido y parecía tener ojos solo para mí. Cuando me miraba era como si el mundo se detuviera y solo nosotros existiéramos.

—Lo que es ser joven y estar enamorada —dijo, echándose una mecha de cabello detrás de la oreja.

—Olvidé decirte algo de lo que estaba demasiado avergonzada para decírtelo antes.

—¿Qué tienes que decirme? No me digas que tú y él ...

—¡No, mami, por supuesto que no! Es otra cosa. Un día, mientras salía de la escuela, tropecé con una acera rota y me caí. Me dolían mucho las rodillas y tuve que quedarme allí por un tiempo. Mis otros compañeros de clase se rieron. Mi amiga Laritza tenía laringitis y ese día se había quedado en casa. Entonces, Alfredo me vio. Corrió hacia mí y me ayudó a levantarme. Tan avergonzada como estaba, me tranquilizó. Él estuvo allí cuando nadie más estuvo.

Mami se frotó el rostro e inhaló profundamente.

—Supongo que no hay nada que pueda hacer. Haz lo que creas que es correcto. Te apoyaré.

Mis ojos se iluminaron.

—¡Te quiero tanto! Eres la mejor madre del mundo.

Me dio un fuerte abrazo y me besó en la mejilla.

Capítulo 33
Polina

Juntos

Dos años y seis meses; ese fue el tiempo que esperé para volver a verlo. Para entonces, acababa de cumplir veinte años. Me había graduado de *Miami Dade College*, una institución de educación superior que había abierto sus puertas en 1960, con la llegada de miles de exiliados cubanos. Ahora estaba lista para incorporarme a la fuerza laboral. No podía seguir financiándome de mis padres.

Durante el tiempo en que estuvimos separados, tanto Alfredo como yo recuperamos las libras perdidas en la embajada y mi cabello, que ahora llegaba hasta mis hombros.

Para recibirlo, me puse una falda rosada que mami me había hecho, un pulóver de *jersey* negro con mangas de dos tercios y una cinta rosada alrededor de mi cabeza con un lazo que sujetaba mi cabello, ahora ondulado. Me sentía un poco tonta con un lazo en la cabeza, pero a las jóvenes de mi edad nos gustaba imitar a Madonna, la popular cantante.

Esperamos alrededor de una hora en el Aeropuerto Internacional de Miami. Me sentía ansiosa. Mis padres hablaban con los de Alfredo, quienes se habían marchado de Cuba un año después que nosotros. Mientras tanto, yo caminaba nerviosamente de un lado a otro, observando a los pasajeros recién llegados y buscando a mi novio con la mirada.

Al fin lo vi, con una bolsa de lona y los ojos escaneando su entorno. Se veía más maduro y guapo de lo que le recordaba, con su pulóver azul, de cuello, acentuando sus *bíceps*. Lo llamé por su nombre y su expresión se iluminó.

Mientras nuestros padres nos observaban, corrimos el uno hacia el otro y nos perdimos en un cálido abrazo. Luego, nos besamos apasionadamente, sin preocuparnos por lo que nuestros padres pudieran pensar.

—Te extrañaba mucho —le dije.

—Yo también te extrañé —respondió.

—No puedo creer que estés aquí. Me parece un sueño.

—Y a mí también. Ahora, nada podrá separarnos, Polina, mi hermosa princesa.

—No sabes cuantas veces imaginé este momento.

—Yo también. Cuando estaba en Costa Rica, solo, sin familia ni amigos, la idea de tenerte en mis brazos me daba esperanza. Entonces supe que querría pasar el resto de mi vida contigo. Por eso, no quiero esperar más. Cásate conmigo, Polina y me harás el hombre más feliz del mundo.

Di un paso atrás y nuestros ojos se encontraron.

—¿Casarme contigo? —le pregunté.

Nuestros padres ahora se encontraban a pocos metros de nosotros.

—Sí, cásate conmigo —dijo—. ¿Te gustaría pasar el resto de tu vida a mi lado?

Antes de que respondiera, se arrodilló, sacó algo de su bolsillo y me tomó de la mano. Luego, me mostró un simple anillo de oro con un pequeño diamante.

No estaba sorprendida por su pregunta. En cartas y en las pocas conversaciones telefónicas, me había dicho que ansiaba pasar el resto de su vida conmigo. Sin embargo, nunca pensé que me lo preguntaría el día de su llegada.

Me cubrí la boca con las manos.

Los pasajeros que llegaban se reunieron a nuestro alrededor esperando mi respuesta. Miré a mis padres y les pedí su bendición. Mami sonrió y asintió. Papi miró hacia abajo. Luego, una vez más me centré en Alfredo.

—¡Sí! —le dije—. ¡Acepto!

La gente aplaudió y poco a poco comenzaron a dispersarse.

Mami se acercó a Alfredo y a mí y nos abrazó. Papi estrechó la mano de Alfredo.

—Cuida a mi hija, ¿me escuchas?

—Sabe que lo haré.

Papi asintió con la cabeza. Noté algo de resignación en su mirada, como si se diera cuenta de que había llegado el momento de dejarme ir. Pero había otra razón de la tristeza en sus ojos: el secreto que había guardado desde antes de la muerte de la tía Claudia.

Le había dicho a mami que el día de mis quince solo había hablado con la tía Claudia sobre su enfermedad. Le dijo que esa era la razón por la que estaba tan molesto.

Sin embargo, mami sabía que ocultaba algo. Incluso después de la muerte de mi tía, cuando mami le preguntaba, él le acariciaba el cabello, la abrazaba y le decía:

—Te amo.

Ella sabía que había una explicación para la forma en que él la trataba.

El paso del tiempo le daría la razón.

Capítulo 34
Polina

Laritza

Alfredo y yo nos casamos según el rito de la Iglesia Católica poco después de su llegada. Fue una ceremonia sencilla seguida de una fiesta en la casa de mi tío. No hubo luna de miel.

Y así, juntos, comenzamos la típica vida de inmigrantes. A través del trabajo duro, eventualmente, llegué a ser gerente de una oficina y él aprendió a hacer e instalar gabinetes, lo que nos permitió tener una vida cómoda.

Esperamos unos años para tener hijos, dos niñas hermosas que fueron el orgullo y la alegría de mis padres. Nombré a nuestras hijas Claudia y Laritza en honor a mi tía y a mi mejor amiga. Laritza, nacida en 1986, era dos años mayor que su hermana.

Cada vez que pronunciaba el nombre de mi hija mayor, pensaba en mi mejor amiga. Todavía vivía en Cuba. Ella había sobrevivido el difícil «Período Especial» en la década de 1990, después de la caída del comunismo en la Unión Soviética, cuando los subsidios dejaron de llegar a Cuba y la gente vivió los peores años desde que Castro llegara al poder. La escasez había sido tan intensa que, en algunas partes de la isla, los vecinos aportaban los ingredientes que tenían para preparar un sopón y compartirlo entre sí.

Guardé una carta que Laritza me había enviado durante ese período:

Querida Polina,

Gracias por el paquete de comida reciente. El café, la leche en polvo, los frijoles y el chocolate nos resultaron de gran utilidad. A mi hijo de ocho años le encanta tomar leche con chocolate, así que lo guardamos para él.

La situación actual, como sabes, comenzó en 1990, tras la disolución de la Unión Soviética. Ahora, cinco años después, todavía no le vemos un final a todo esto. Muchas adolescentes se venden a los extranjeros por cualquier cosa, incluso por una comida en un restaurante. Miro a mi hija de diez años y me pregunto qué será de ella. Escuché que entre 1990 y 1993 la economía se contrajo un 36%. ¿Te lo imaginas? En respuesta, el gobierno permitió que la industria hotelera privada regresara, lo que dio paso a las jineteras, una nueva palabra para las prostitutas.

El gobierno llama a esto «El Período Especial en Tiempo de Paz». Nos piden que seamos pacientes, pero la desesperación ha llevado a muchos a arriesgar sus vidas al salir en balsas improvisadas. Sabe Dios cuántos han llegado a los Estados Unidos y cuántos han perdido la vida navegando por aguas infestadas de tiburones. A veces, he pensado en irme, pero luego miro a mis hijos. La única forma de irme sería en una balsa, y no puedo arriesgar a mi familia. Me hubiese gustado que mis padres hubieran sido tan valientes como los tuyos y se hubieran metido en la Embajada del Perú.

¡Estoy tan cansada! Me paso la vida trabajando y haciendo colas interminables. Tiempos como estos, han puesto más a prueba el ingenio, la imaginación y las ansias de sobrevivir de los cubanos de esta isla. Sabes cuánto nos gusta el café, pero está muy escaso, por lo que la gente tuesta chícharos como sustituto.

Pero la ingeniosidad de la gente no termina ahí. Es cierto que la necesidad es la madre de la invención. Por ejemplo, la carne ha desaparecido de las tiendas y la gente improvisó rallando la cáscara de plátano y convirtiéndola en sustituto de la carne molida. La harina también desapareció y muchos de mis vecinos comenzaron a hacer pan del boniato. Para hacer jugo, algunos de nosotros mezclamos pepino, agua y azúcar.

Como sabes, ante la tragedia, tendemos a refugiarnos en la comedia. No nos queda otra alternativa. Pues bueno, muchos de nosotros a menudo bebemos agua con azúcar al desayunar o antes de irnos a la cama. Para engañarnos a nosotros mismos creyendo que era algo sustancial, comenzamos a llamarle a esta bebida «sopa de gallo». ¿Qué te parece?

Un amigo mío fue a una pizzería ubicada en la 12 Avenida y 23, cerca del cementerio, y me dijo que un día vendían pizza de azúcar y otro, pizza de guayaba. ¿Te imaginas?

La cantidad de azúcar en la dieta provocó que las personas desarrollaran neuropatía óptica y periférica, que afecta la visión o las extremidades.

Lalita, una amiga mía, desarrolló una neuropatía visual. Un día, estábamos caminando por la calle Zapote y ella comenzó a reírse. —¿Por qué te ríes? —le pregunté. Dijo que las personas que venían en la dirección opuesta no tenían cabezas.

Perdí la cuenta de cuántas noches me he ido a la cama sin comer y las deficiencias vitamínicas se han convertido en una realidad. Muchos de nosotros hemos perdido alrededor de un tercio de nuestro peso corporal.

Echo de menos los viejos tiempos, cuando íbamos a casa de Concha y ella nos compraba dulces en la panadería. Todo eso se ha ido ahora. La desesperación y la innovación se han convertido en nuestra forma de vida. Algunas personas llaman a Cuba «la isla de la invención». Esa nunca había sido una afirmación más cierta.

Laritza

Lamento darte todos estos detalles, pero es importante que comprendas el bien que tus padres te hicieron al sacrificar tanto por ti. Espero que esta carta no sea leída por ningún funcionario del gobierno. Solo necesitaba desahogarme. Mantenerlo todo dentro de mí, me está comiendo viva.

Los paquetes que me has enviado han sido una bendición. Dios me dio un ángel cuando te hiciste parte de mi vida.

Un fuerte abrazo para ti y tu familia. Espero que puedas visitarnos uno de estos días.

Con amor,

Laritza.

Esta carta me había impactado tanto que la guardé. Laritza no entendía que era mi deber ayudarla. Era lo menos que podía hacer por alguien a quien había querido como a una hermana.

Mis abuelos, que habían elegido quedarse en Cuba, también habían vivido ese período, pero sobrevivieron gracias a los paquetes que mis padres les enviaron. Planeamos visitarlos y a mi amiga Laritza en unos meses, ya que quería que las niñas pasaran tiempo con sus bisabuelos y visitaran la tumba de Reimunda en el Cementerio de Colón.

Estaba ansiosa por verlos nuevamente.

Capítulo 35
Polina

Alba

Corría el año 1990. Mientras esperaba mi turno para ver al higienista, leía la novela *Daddy*, por la escritora Danielle Steel. Había otras dos personas en la sala de espera, pero no les presté mucha atención. De repente, una joven se me acercó y se paró frente a mí.

—Disculpe —dijo—. Mi nombre es Alba. Por alguna razón, me resulta familiar.

Miré hacia arriba y nuestras miradas se encontraron. En el momento en que la vi, yo también pensé que me parecía familiar.

—Mi nombre es Polina —dije, cerrando mi libro y colocándolo en mi bolso.

—Lo siento, no quise interrumpir su lectura.

—Está bien, no te preocupes —le dije tuteándola—. Entonces, ¿de dónde eres?

—Nací en La Habana.

—Yo también. ¿En qué año? —le pregunté.

—1961. El 15 de septiembre.

—¿En serio? ¡Yo también! En el Hospital de la Covadonga.

—¡Dios mío! No lo puedo creer. ¡Ahí es donde mi mamá me trajo al mundo!

—Es cierto lo que dicen —respondí sorprendida por las coincidencias—. Vivimos en un mundo pequeño. Me pregunto si nuestras madres se conocen.

—¿Viven en Miami? —preguntó.

—Sí, en la sección suroeste. El nombre de mi mamá es Andrea.

—También vivo en la sección suroeste y me alegro de que el nombre de tu mamá no sea Maritza, como la mía —dijo Alba—. Ya hay suficientes coincidencias para un día. Entonces, ¿tienes hijos?

—Dos hijas.

—¡Yo también! —dijo.

—Tal vez deberíamos reunirnos uno de estos días —le dije—. Quién sabe qué otras conexiones podríamos tener.

Así fue como conocí a Alba, lo que marcó el inicio de una hermosa amistad. La química entre nosotras fue instantánea.

Una semana después, acordamos reunirnos en el restaurante Versailles en la calle Ocho. Aunque inicialmente nuestros padres pensaban ir, Papi no se sintió bien ese día. Dijo que tenía problemas estomacales, por lo que Alfredo, nuestras dos hijas pequeñas y yo, nos reunimos con Alba y su familia. Durante todo el almuerzo, su madre, Maritza, seguía mirándome. En un momento dado, notó que me había dado cuenta.

—Lo siento —dijo—. Te ves tan familiar.

—Eso es exactamente lo que le dije cuando la conocí —dijo Alba.

Alba y su familia actuaban como si me hubieran conocido toda la vida. Durante el almuerzo, hablamos sobre Cuba y nuestras experiencias, que eran muy diferentes. Al terminar, dos horas después, Andrea y su esposo, Mario, nos invitaron a mi familia y a mí a su casa para cenar. Me pidieron que trajera a mis padres.

Alba se convirtió en una hermana después de eso. Sus hijas a veces se quedaban en mi casa y las mías en la de ella. Asistíamos a reuniones familiares a menudo, incluso íbamos a hacernos manicuras y pedicuras juntas. A

Alfredo le encantaba que yo tuviera una amiga tan apegada a mí como lo había sido Laritza. A mami, también le gustaba pasar tiempo con Maritza. Sin embargo, papi parecía más reservado. No entendía por qué interpuso una barrera y evitó acercarse demasiado.

Capítulo 36
Polina

El año 2000

Había limpiado y organizado mi casa para la fiesta. Me gustaba tener el lugar ordenado, pero a veces no era posible con dos niñas que a menudo traían a sus amigas a casa.

Durante este soleado sábado, celebrábamos el vigésimo aniversario de nuestra llegada a los Estados Unidos. Para los exiliados cubanos, las dos fechas más importantes del año eran el cumpleaños y el aniversario de su llegada a los Estados Unidos. Esta fecha era como otro cumpleaños o un renacimiento.

Algunos de mis amigos habían salido de Cuba en la década de 1960, pero haber vivido allí hasta 1980, haber experimentado los sucesos de la Embajada de Perú y haber formado parte del éxodo del Mariel hicieron que este día fuera muy especial, y más aún para mis padres, quienes habían vivido en la vieja Cuba. Veinte años después de nuestra llegada, estábamos más agradecidos que nunca de que este país nos hubiera abierto sus brazos.

Todos nosotros habíamos trabajado duro para prosperar y darles a nuestras familias una buena vida. Por eso estábamos listos para celebrar nuestras bendiciones.

Sin embargo, este día traería más sorpresas de las que anticipaba.

Mis padres habían preparado la comida para la fiesta en mi casa y luego se fueron a la suya a bañarse y a prepararse para la gran ocasión. Regresaron a la hora prevista: papi, con una guayabera de manga corta, y mami, con un vestido azul sin mangas. Me encantaba verlos tomados de la mano después de todos estos años.

Después de los obligatorios abrazos y besos, nos ayudaron con los detalles finales. Mi tío Luis, con su familia y Alba, con la suya, tenían previsto llegar alrededor de las cinco.

Nuestras hijas, Claudia y Laritza, de doce y catorce años, nos ayudaron a organizar las sillas y las mesas en el patio trasero pavimentado, mientras Alfredo arreglaba la fila de luces que, después del atardecer, iluminarían la parte trasera de la casa.

Mientras trabajaba con mis hijas y mis padres, mi mente divagaba. Pensé en la llamada que había recibido esa mañana. Una escritora que entrevistó a mis padres y a Alba para su próximo libro me preguntó por mis experiencias durante mi estancia en Cuba. Una de sus preguntas resonó en mi mente: —Si tu vida hubiera sido transformada por una mentira, ¿querrías saberlo?

—Por supuesto —le dije—. ¿Por qué me hace esa pregunta?

—Solamente por curiosidad —respondió—. Estoy tratando de ayudar a una amiga que está pasando por momentos difíciles y me pareces una persona razonable y sensata.

No volví a pensar en esa conversación hasta más tarde en la noche.

Durante la celebración, todos nos sentamos juntos, comimos y compartimos historias sobre nuestra tierra natal. Habíamos salido de Cuba, pero Cuba no había salido de nosotros. Viviría en nuestro interior para siempre.

Nuestra familia y la de Alba, su esposo Tom, sus dos hijas y sus padres, Mario y Andrea, estaban sentadas alrededor de la mesa después de disfrutar de la deliciosa cena. Mami había hecho frijoles negros con arroz blanco y boniato frito, mientras que papi y Alfredo asaron un puerco en el patio con un horno especial. Uno de sus amigos que había vivido en el pequeño pueblo de Arroyo Blanco, en la provincia de Camagüey (en Cuba), se lo había construido.

El patio todavía olía a orégano, comino, mojo y otras especias «secretas», según Papi.

Papi y sus secretos. Sabía cómo guardarlos. Cualquiera que confiara en él podía estar seguro de que cualquier información que le dieran, estaba segura. Respetaba los deseos de la gente de la misma manera en que había respetado los de mi tía Claudia. Habían pasado más de 20 años desde su muerte. El día de mi decimoquinto cumpleaños, ella le había revelado a mi padre un secreto que podría haber cambiado mi vida. Sin embargo, no dijo nada.

La revelación de este secreto comenzó a desentrañarse con un anuncio de Alba. Andrea y Mario nos entretenían con un hermoso danzón, mientras Alba los observaba con orgullo. Después de recibir los aplausos de todos nosotros, la pajera de bailadores se sentó y Alba se puso de pie. Su esposo la agarró de la mano y le dijo algo que no pude escuchar, pero ella le respondió y comenzó su discurso. Mortificado, Tom cerró los ojos y movió la cabeza de un lado a otro.

—Dado que hoy celebramos el vigésimo aniversario de la llegada de Polina y sus padres a este país, creo que es apropiado compartir esta noticia.

—Oh —le dije—. ¿Otro bebé?

—No. No más bebés para mí.

—¿Entonces qué noticias nos traes?

—Bueno —dijo—. Desde que te conozco, has dicho cuánto extrañabas a tu amiga Laritza. Entonces, después de un tiempo, me dijiste que yo había tomado su lugar. Sin embargo, uno de tus mayores sueños incumplidos era tener una hermana. Hoy, con este anuncio, dejaré de ser una amiga para convertirme en familia.

Miré a mis padres perpleja.

—Alba, por favor cállate —dijo Andrea—. No lo hagas. Te lo pido.

—Mami, no tienes vida. Estoy cansada de verte sufrir por mi hermana y no está bien. Además, Polina querría saber que tiene una hermana y que, durante los últimos diez años, esa hermana ha estado a su lado.

—¡No entiendo! ¿Qué quieres decir? —pregunté cuando el mundo que conocía comenzó a desmoronarse.

—Me dijiste que te habías hecho una prueba de ADN a través de *Family.com*. Bueno, yo hice lo mismo. Desde el momento en que mi madre te vio, lo supo. Pero ella no quería cambiar tu vida. Tienes dos padres amorosos que te adoran. Ella notaba ese amor cada vez que venía de visita. Por lo tanto, se quedó callada. No sabes cuántas veces la he visto llorar a lo largo de los años. Al principio, no le creí. Sí, nos parecemos mucho, pero supongo que me lo estaba negando a mí misma. Así que, por fin, decidí confirmar sus sospechas. Acabo de enterarme de que tenía razón. Somos hermanas.

Mami se levantó.

—¿Qué quieres decir? Debes estar equivocada. ¿Cómo puedes decir eso? Sé que ustedes dos nacieron el mismo día y parecen hermanas, pero Polina *es* mi hija. ¿Por qué dirías algo así?

—La ciencia no miente —dijo Alba.

—En la noche del 15 de septiembre de 1961, tuve gemelas —explicó Andrea en un tono de voz sombrío mientras sus ojos se llenaban de lágrimas—. Yo era una adolescente. Tuve un parto difícil. Claudia, la enfermera cuyo nombre nunca he olvidado, quería que descansara. Yo no tenía suficiente fuerza, así que le permití que se llevara a mis bebés, sin siquiera haberlas cargado por vez primera. Las llevó a la guardería y regresó unas horas más tarde con solo una de mis hijas. Dijo que la otra había muerto.

Mi madre, la abuela de Alba, nunca me permitió verla. Ella enterró a ese angelito y durante años, he pensado en ella y le he pedido a Dios que la cuide en el Cielo. No fue hasta que vi a Polina que supe que la niña que murió aquella noche no era mi hija.

Había hablado despacio, de forma inexpresiva, como si estuviera entumecida.

—¿Claudia? —dijo mi madre, mirando intensamente a mi padre, mientras su rostro se ponía rojo. Papi miró hacia abajo.

—¿Papi? —pregunté—. ¿Era éste el secreto que mi tía Claudia te contó la noche de mis quince años? ¿Por esto estabas tan molesto aquella noche?

Mi padre no dijo nada al principio, mientras todos los ojos se centraban en él. Parecía derrotado, como si su mundo se hubiera desinflado. Cerró los ojos por un momento y luego comenzó a hablar.

—Quería protegerlas a las dos. Maritza, sabía lo mucho que querías a Polina. Los dos la queremos. Claudia sabía cuánto querías una hija. Cuando la nuestra murió, ella le cuestionó a Dios. No sabía cómo decirte que no pudo salvarla, así que hizo algo inconcebible. No lo supe hasta el cumpleaños de Polina. Pero el daño ya estaba hecho y habían pasado quince años. Revelar ese secreto habría lastimado a mucha gente. Lo siento.

Mami levantó los brazos y los cruzó sobre su cabeza.

—¡Ay, Dios mío! Entonces, mi hija murió aquella noche. Entonces, ¿me estás diciendo, después de todos estos años, que, después de todo el amor que le he dado a Polina, no tengo una hija? ¿Que no tengo nietas y que toda mi vida se ha basado en una mentira?

—Espera un minuto, mami —le dije—. No tienes la culpa de lo ocurrido. Siempre serás mi madre, ¿entiendes? ¡Nada cambiará eso!

Andrea miró hacia abajo, mientras su esposo le acariciaba la espalda. Momentos después, ella también se puso de pie.

—Creo que deberíamos irnos —dijo Andrea—. Alba, te pedí que no dijeras nada. Me has lastimado profundamente esta noche. Esperaba que las cosas siguieran como estaban. No quería que esto sucediera. Polina tiene padres maravillosos. Estaba feliz. Su felicidad era más importante para mí, que la mía. Podría haber seguido queriéndola desde lejos.

—¡Pero ella puede ser aún más feliz con una hermana y dos padres más! —Alba respondió.

—Mario, vámonos a casa —respondió Andrea y agarró su bolso.

Me froté el rostro con las manos e inhalé.

—¡Espera un minuto! No quiero que nadie se vaya. Quiero que todos se sienten y se calmen. Tú también, mami. Niñas, ¿pueden traerles un poco de agua a sus abuelas?

Mis hijas entraron corriendo a la casa y regresaron con cuatro botellas de agua. Le di una a mami y otra a Andrea. Tomaron un sorbo mientras lloraban desconsoladamente.

—Mami, Andrea. Sentémonos juntas y hablemos de esto —le dije—. Alfredo, ¿puedes traer un par de sillas?

—Lo haré yo —dijo Luis, arremangándose su guayabera. Había estado observando todo con gran interés.

Aparté mi silla de la mesa. Luis trajo las otras dos y colocó una a cada lado de la mía. Mis dos madres se sentaron a mi lado. Primero, le di a mami un fuerte abrazo.

Mirándola a los ojos, le dije: —Mami, no dejaré de ser tu hija solo porque tengo una madre biológica. Debes entender eso. Eres la única madre que he conocido durante treinta y siete años de mi vida. Lo has sacrificado todo por mí. No sabías lo que había pasado. Eres tan víctima como Andrea. Tú y mi padre se fueron a la cama con hambre por mí. Cuando tuve miedo en la Embajada del Perú, me tomaste de la mano y me consolaste. Cuando estaba enferma, me cuidaste. Te quiero con todo mi corazón, mami. Nada cambiará eso.

Mami asintió con la cabeza y se secó las lágrimas del rostro. Le di otro abrazo y luego me volví hacia Andrea.

—Andrea, lamento mucho todo lo sucedido. Tengo hijas y no puedo imaginar lo doloroso que todo esto ha sido para ti. Necesitaré tiempo para digerir todo esto. En cierto modo, estoy muy agradecida de que hayas esperado. Hace diez años, era demasiado joven y no había experimentado la maternidad lo suficiente como para entender realmente lo que una madre es capaz de hacer. Veo cómo tú y Mario tratan a Alba. Son excelentes padres. Si las cosas hubieran sido diferentes, si no me hubieran arrebatado de tus brazos, sé que sentiría por ti lo mismo que siento por mis padres. Llegará el momento en que podré llamarte mamá, pero no podré reemplazar a mami. Espero que lo entiendas.

—Por supuesto, mi amor. Tómate todo el tiempo que necesites. Ha sido difícil verte y no abrazarte. No necesitaba una prueba para saber que eras la hija que pensé que había muerto. Tu parecido con Alba es increíble, el mismo cabello negro, los mismos ojos. Es cierto que lo estilizas de manera diferente, pero yo me daba cuenta. Lo supe desde la primera vez que te vi. ¿Te importa si te doy un abrazo?

—Todos los que quieras —le contesté.

Extendí mis brazos y nos fundimos en un sublime, tierno y profundo abrazo, rebosante del más puro amor que solo una madre es capaz de brindar.

Testimonio

Corría el año 1961 y yo tenía 9 años. Nuestra familia vivía en un sector de Marianao, entonces conocido como Almendares. El nombre ha sido cambiado por el régimen castrista; sin ton ni son, como ocurre con la mayor parte de las cosas en Cuba. Almendares ahora se conoce como Playa.

A diferencia de la mayoría de los barrios de Cuba, allí parecía haber una bodega en casi todas las esquinas y nuestra cuadra no era la excepción.

Debe haber sido durante el verano de ese año, porque estaba caminando hacia la casa de mi abuela, a una cuadra de distancia, a media mañana y no estaba en la escuela ese día. Me acercaba a la bodega de la Avenida 23, donde un tipo llamado Miguel regentaba un puesto de limpiabotas. Mientras me acercaba, noté que Miguel sostenía una conversación acalorada con hombres del ejército uniformados. Al principio, pensé que había habido una pelea. Me tomó un momento darme cuenta de que su soporte de limpiabotas había sido parcialmente desmantelado y cargado en un camión de plataforma plana. Demasiado joven para entenderlo; no fue hasta que llegué a la casa de mi abuela que ella me explicó lo que estaba pasando.

Encontré consuelo al saber que el puesto de limpiabotas de la fonda cerca de mi casa todavía estaba allí y que ese era el lugar al que yo llevaba mis zapatos. Desafortunadamente, esa comodidad no duró mucho. Un par de días después, al acercarme a mi casa, pude escuchar a Lorenzo, el limpiabotas, gritando de ira. Su puesto ya no existía. Debe haber habido diez pares de zapatos en el portal de la fonda esperando a ser recogidos. Recuerdo que el cocinero de la fonda intentaba calmar a Lorenzo para que los milicianos no lo apresaran.

Me preguntaba qué estaban haciendo estos hombres para justificar que las autoridades los despojaran de sus muy modestos medios de vida.

Testimonio

No estoy seguro de cuánto tiempo pasó después de eso, pero un día noté un camión militar estacionado en la Avenida 25, aproximadamente, media cuadra al oeste. Una pequeña multitud se había reunido junto al camión y yo, un niño curioso de nueve años, corrí para ver qué estaba pasando.

En lo que antes había sido la sala de su casa, el gallego Manolo operaba un taller de reparación de zapatos. No era raro ver una tienda o un negocio en la parte delantera de las casas, mientras la familia vivía en la parte trasera. El camión militar estaba estacionado frente a la casa de Manolo y pude verlo, observando estoicamente, cómo los militares uniformados cargaban las pocas piezas de su equipo en el camión mientras su esposa y su cuñada lloraban.

No lo pensé entonces, pero ahora me pregunto, ¿dónde se suponía que los residentes del vecindario repararan y limpiaran sus zapatos? ¿Alguien de la autoridad había pensado en eso?

Más tarde ese año, tuve una mala experiencia que aún recuerdo hoy.

Manolo Gato era otro español, dueño de la bodega de la esquina de mi casa. La bodega de Gato era pequeña, pero tenía un bar donde los hombres se reunían para jugar al cubilete. Él vivía en un apartamento muy modesto sobre su tienda. Cuando era niño, me gustaba escuchar las conversaciones de los hombres en el bar. De vez en cuando, Gato me dejaba detrás del mostrador y me sentía como si estuviera aprendiendo el oficio de bodeguero. Era un anciano afable y me caía bien.

Una tarde, mi madre me mandó a buscar aceitunas para el picadillo que estaba preparando. Él estaba ocupado con varios hombres que hacían un inventario. Apenas me habló y me envió a casa con las aceitunas en un frasco que había llevado conmigo. Le conté a mi madre lo que había visto y pronto se enteró de que la bodega había sido confiscada. Por alguna razón, mi madre me dijo que me mantuviera alejado de allí durante unos días.

Un par de días después, salí de nuestra casa en dirección a la escuela. Noté que un grupo de personas se había reunido junto a la bodega, aún cerrada. No tenía mucho tiempo, pero crucé la calle para averiguar qué estaba pasando. Una de las señoras me dijo que Gato se había ahorcado durante la noche. Mis piernas comenzaron a temblar de forma incontrolable y lo único que

Testimonio

*pude hacer fue correr. Corrí tres largas cuadras hasta la escuela.
Pasé el resto del día asustado.*

Sesenta años después, sigo haciéndome la misma pregunta: ¿por qué?

Carlos Varela
Kenneth City, FL

Agradecimientos

Me gustaría darles las gracias a las siguientes personas y organizaciones:

A la talentosa Vilma Pérez por editar mis libros. Vilma una persona excepcional de la que he aprendido mucho.

Susana Mueller, de *Susanabooks*, por diseñar una magnífica portada y por ser lectora beta de este manuscrito.

Al grupo de Facebook *All Things Cuban,* por brindar un importante foro para la difusión de la historia y la cultura cubana y por compartir sus historias conmigo. Estos son solo algunos de los nombres: Marcia Robledo, Elías Moreno, Jesús G. Arango, Orlando López-Sánchez, Lázaro López y su encantadora madre y tantos otros. A Alexander Díaz, el administrador, ¡gracias!

Conchita Hicks, otra lectora beta que proporcionó valiosos comentarios sobre el manuscrito.

A mi esposo Iván por hacer sugerencias sobre varios capítulos de este libro. Sus contribuciones han sido invaluables. A mi suegra Madeline, a mi hijo Iván y su esposa Gloria, a mi hermano René y a mi hermana Lissette por sus contribuciones.

Al grupo *Women Reading Great Books* por su apoyo.

A mi sobrina Ashley por permitirme usar su foto en la portada.

Agradecimientos

A todos los lectores que me siguen apoyando y compartiendo mis posts, y a todos los clubes de lectura que han seleccionado mis libros, demasiados como para mencionar.

A los redactores de los siguientes artículos:

Sombras del liberalismo: abogados y transformaciones sociales, políticas y jurídicas en la Cuba del siglo XIX (fiu.edu)

Cómo la educación dio forma a la Cuba comunista - The Atlantic

Crisis de los misiles cubanos - Causas, cronología y significado - HISTORIA

Otras obras de la autora

Las historias de Betty Viamontes han viajado por el mundo, desde la galardonada novela Esperando en la calle Zapote hasta las novelas que aparecieron como lanzamientos No. 1 en Amazon: *La niña de Arroyo Blanco, Las niñas de Pedro Pan: Buscando el cierre y Cartas de amor desde Cuba.*

Otras obras escritas por la autora incluyen:
La Habana: El regreso de un hijo
La danza de la rosa
Los secretos de Candela y otros cuentos de La Habana
Hermanos: Los niños de Pedro Pan

Estos libros están disponibles en inglés y en español. *Esperando en la calle Zapote* (versión en inglés) fue uno de los ganadores del premio *The Latino Books Into Movies Award* y ha sido seleccionado por un club de lectura de mujeres de las Naciones Unidas, entre otros.

Sus obras han aparecido en varias publicaciones, incluyendo la prestigiosa revista literaria *The Mailer Review* de la Universidad del Sur de la Florida

El objetivo de Betty es asegurar que las historias del pueblo cubano no se olviden y ser una voz para sus compatriotas.

www.ingramcontent.com/pod-product-compliance
Lightning Source LLC
Chambersburg PA
CBHW051955220626
47052CB00004B/948